Knaus

Luciano De Crescenzo

Bellavista und die Liebe

ROMAN

Aus dem Italienischen
von Bruno Genzler

Albrecht Knaus

Titel der Originalausgabe: La Distrazione
Originalverlag: Arnoldo Mondadori Editore, Milano

Umwelthinweis:
Dieses Buch und sein Schutzumschlag wurden auf chlorfrei gebleichtem Papier gedruckt. Die vor Verschmutzung schützende Einschrumpffolie ist aus umweltschonender und recyclingfähiger PE-Folie.

Der Albrecht Knaus Verlag ist ein Unternehmen
der Verlagsgruppe Random House GmbH.

1. Auflage

Umschlaggestaltung: Groothuis & Consorten, Hamburg
Unter Verwendung eines Fotos von Marinetta Saglio
Gesetzt aus 12,8/15,3 pt. Walbaum MT
Satz: Filmsatz Schröter GmbH, München
Druck und Bindung: GGP Media, Pößneck
Printed in Germany
ISBN 3-8135-0180-9
www.knaus-verlag.de

Das Leben ist all das, was passiert,
während wir über etwas anderes reden.

Oscar Wilde

1

Lob der Badewanne

Wenn es auf der Welt einen Ort gibt, der zum Nachdenken wie geschaffen ist, so ist das die Badewanne. Man braucht nichts weiter zu tun, als vielleicht zehn Minuten im Dunkeln im richtig heißen Wasser zu liegen und zu warten: Die Gedanken kommen dann von ganz allein, auf Zehenspitzen, ohne dass man es merkt. Logisch aber, dass kein Telefon, kein Radio oder andere Teufeleien dieser Art in der Nähe sein dürfen. Das Nachdenken verlangt absolute Stille und ist eine der herrlichsten Gaben, die wir von unserem Herrgott mitbekommen haben.

Wer die Badewanne erfunden hat, weiß man eigentlich gar nicht so genau. Dabei handelt es sich um eine der bedeutendsten Erfindungen aller Zeiten, in meinen Augen noch wichtiger als selbst das Fernsehen. Bekanntermaßen haben ja die Römer die Badekultur der Thermen entwickelt (am berühmtesten jene des Kaisers Diokletian), doch besuchte man sie mehr, um dort Freunde zu treffen und sich zu unterhalten, als um nachzudenken; das genaue Gegenteil also von dem, was man von einer modernen Badewanne verlangt.

Neben dem Lärm hat die Badewanne noch eine andere Feindin: die Hast. Wer es eilig hat, soll doch bitte schön duschen und diese kurze Einführung einfach überblättern. In der Badewanne ist Langsamkeit Pflicht. Arbeitstreffen, Termine oder andere unaufschiebbare Verpflichtungen dürfen da nicht anstehen. Mit der gebotenen Langsamkeit steigt man also hinein, indem man zunächst ein Bein eintaucht, dann das andere, schließlich den Rest. Liegt man nun gut im Wasser, ist es dringend ratsam, die Augen zu schließen. Streng genommen wäre das vielleicht noch nicht einmal notwendig, da wir ja schließlich das Licht ausgeschaltet haben. Dennoch, Gott allein weiß warum, begünstigen die gesenkten Lider den Gedankenfluss. Fast scheint es, als sei die Badewanne gegen die sinnlichen Wahrnehmungen: kein Hören, Tasten oder Sehen, nur die reine Vorstellungskraft! Als würde der Körper abgeschaltet, während das Hirn weiterhin funktioniert. Nun ist es so weit, die Neuronen werden munter, begegnen sich, und da sie merken, dass sie unter sich sind, beginnen sie ein Gespräch.

«Ciao, wie geht's?»

«Gut, und dir?»

«Auch gut. Gestern Abend haben wir übrigens Jessika getroffen.»

«Im Ernst? Und wie war's?»

«Ach, wunderbar. Wir standen so zusammen, vielleicht so eine Million von uns, und haben über Gott und die Welt geredet. Ja, und dann kam sie. Wir waren wie vom Donner gerührt: ein Mädchen so schön wie die Sonne. Glaub mir, seit gestern sprechen wir von nichts anderem mehr. Und vergangene Nacht, während ‹er› versucht hat einzuschlafen, haben wir lange an sie gedacht und sie uns nackt vorgestellt, so wie Mutter Natur sie schuf: ein Meisterwerk!»

«Schon gut, ich hab's verstanden. Aber jetzt Themawechsel. Da hinten kommen die tragischen Neuronen. Wie du weißt, haben die nichts anderes im Sinn, als sich Sorgen zu machen, und je trüber sich die Zukunftsaussichten darstellen, desto zufriedener sind sie.»

«O ja, die Brüder kenne ich. Deswegen gehe ich ihnen auch möglichst aus dem Weg. Die haben noch nicht verstanden, dass das Geheimnis des Lebens die Zerstreuung ist.»

Solcherlei Gespräche bekommt man nur in der Badewanne zu hören, nicht zuletzt, weil die Neuronen sehr, sehr leise reden. Ihre Unterhaltungen sind eigentlich nur ein Raunen, und will man sie verstehen, muss man die Neuronensprache kennen und ganz still sein. Dann ist alles möglich: Jeder ist so alt, wie er will, verfügt über das Geld, das er braucht, besitzt die Anerkennung seiner Mitmenschen und ist mit den schönsten Frauen der Welt zusammen – und das alles gratis. Wer's nicht glaubt, muss es selbst ausprobieren.

2

Im Ruhestand

Renato Cazzaniga steht vor dem Spiegel und versucht, sich die Krawatte zu binden. Immer wieder fängt er neu an, doch nie ist er zufrieden. Sein Problem ist, dass er seinen Krawattenknoten so haben will, wie ihn Doktor Marinucci hatte, der stellvertretende Direktor von Alfa Romeo in Mailand. Ja, das war ein Knoten! Aber eigentlich war es sinnlos, es wieder und wieder zu versuchen. Er weiß schon, so wie Marinucci wird er ihn niemals hinbekommen.

«Glaub mir, Gennaro, das war kein Knoten, das war eine Skulptur», sagt er zu Professor Bellavista, der ihm seit bestimmt fünf Minuten zusieht. «Der war einfach perfekt: keinen Millimeter zu breit, keinen Millimeter zu schmal, und die Überlappung immer an derselben Stelle, sodass die beiden Enden immer haargenau gleich lang waren. Kurzum, ein Meisterwerk! Mit diesem Knoten hat er uns alle reingelegt. Ich habe oft gedacht, dass er eigens Versammlungen einberuft, um ihn uns vorzuführen, und wir saßen da wie die Ölgötzen und starrten ihn nur begeistert an. Wer mochte ihm da noch bei irgendeiner Angelegenheit widersprechen?»

«Warum bindest du dir eigentlich keinen *scappino*», will Bellavista von ihm wissen.

«Einen *scappino*? Keine Ahnung, wie man den bindet.»

«Rück mal ein Stück, dann zeig ich ihn dir. In Neapel tragen wir ihn alle so.»

Und mit diesen Worten nimmt er Cazzanigas Platz vor dem Spiegel ein, bindet seine Krawatte ab und legt sich die seines Freundes um den Hals.

«Ich binde ihn an mir», erklärt er, «einem anderen die Krawatte binden, das kann ich nicht. Ich ziehe sie dann ein Stück auf und gebe sie dir. Erfunden hat den *scappino* übrigens Eduard VIII. von England am Tag seiner Abdankung. Als Herzog von Windsor ging er ins Exil, und seinen Knoten nannte man daraufhin ‹Windsorknoten›.»

«Und warum sprichst du dann vom *scappino*?»

«Weil ein Krawattenhändler aus Turin namens Scappino diesen Knoten in Italien bekannt machte. Aber obschon im Norden entstanden, war der *scappino* immer ein süditalienischer Knoten. In Neapel bindet man ihn einfach oder auch doppelt. Die Modegecken zum Beispiel bestehen auf dem doppelten *scappino*, und zwar breit, sehr breit sogar, sodass er so viel wie möglich von der Hemdbrust verdeckt.»

Eines stand fest. Mit Professor Bellavista wurde es nie langweilig. Sogar ein banaler Krawattenknoten gab ihm Anlass zu historischen Betrachtungen. Nun aber betritt Signora Cazzaniga den Raum.

«*Buonciorno professooore*, wie wär's mit einem Expresso?»

Die Gattin von Doktor Cazzaniga ist Deutsche, und das wird sogleich klar, sobald sie den Mund aufmacht: Die weichen italienischen «dsch» gerieten ihr zu zischenden «tsch», und die offenen kurzen «o» zogen sich derart in die Länge, dass sie wie ein Echo klangen.

«Oh, vielen Dank, Signora, aber machen Sie sich keine Umstände. Renato und ich wollten gerade das Haus verlassen. Wir trinken ihn unterwegs.»

Weniger höflich hätte Bellavista auch sagen können: «Werte Signora, in Anbetracht der Tatsache, dass Ihr Kaffee scheußlich schmeckt, gehen wir lieber in eine Bar. Aber trotzdem vielen Dank.»

Bellavista und Cazzaniga sind gute Freunde. Kennen gelernt haben sie sich vor zwanzig Jahren, als sie wegen eines Stromausfalls zusammen im Fahrstuhl festsaßen. Doch obwohl seit damals so viel Zeit vergangen ist, ist ihr Verhältnis so geblieben, wie es immer war: vertraut, aber ein wenig förmlich. Beide sind in Rente, und beide haben die sechzig bereits überschritten. Genauer gesagt ist Bellavista vor zwei Monaten siebzig geworden, Cazzaniga letzte Woche fünfundsechzig. Heute, Montag, 24. Januar, ist Cazzanigas erster Tag im Ruhestand. Dank einer Abfindung von Alfa Romeo hat er sich seine Wohnung in der Via Petrarca, auf demselben Stockwerk wie die von Bellavista gelegen, kaufen können. So hat er also beschlossen, den Rest seiner Tage in Neapel zu verbringen. Hinzu kam, dass seine Tochter Simona einen Zahnarzt in Neapel geheiratet hat, und so gab es für ihn und seine Frau auch gar keinen Grund, nach Mailand zurückzukehren. Vielleicht hat bei seiner Entscheidung aber auch der Professor eine Rolle gespielt, der eines Tages zu ihm sagte: «Ab einem gewissen Alter bedeutet Leben, viele Dinge noch mal zu erleben, mit den gleichen Gefühlen wie in der Jugendzeit, nun jedoch aus der Sicht der eigenen Kinder.»

In Mergellina bleiben die beiden Freunde stehen und schauen aufs Meer hinaus. Die Luft ist so klar, dass Capri ganz nahe erscheint, fast wie eine Insel, die schwimmend zu erreichen ist.

«Hier ist der richtige Ort, um deinen Ruhestand zu feiern», sagt Bellavista an den Freund gewandt.

«Ich weiß gar nicht, ob es da überhaupt was zu feiern gibt», erwidert Cazzaniga.

«Aber warum denn nicht? Das ist doch ein bedeutender Tag. Wie oft hast du früher gesagt: ‹Wenn ich erst in Rente bin, mache ich dies und mache ich das.› Nun ist der Tag endlich da. Meinen Glückwunsch. Jetzt kannst du tun und lassen, was du willst. Das muss dich doch glücklich machen.»

Cazzaniga scheint verwirrt und antwortet nicht. Dann fasst er Bellavista unter und drückt ihn, so fest er kann, an sich, fast so, als habe er Angst, allein gelassen zu werden. Schließlich seufzt er tief und setzt an, dem Freund sein Herz auszuschütten.

«Ach Gennaro, gerade heute Morgen beim Rasieren habe ich noch darüber nachgedacht. Feiern? Wozu denn? Wenn ich ehrlich sein soll, heute hätte ich sogar dafür bezahlt, ins Büro gehen zu dürfen. Richtig klar geworden ist mir das bei dem Anruf von meinem Generaldirektor ...»

«Von diesem Marinucci?», fragt Bellavista.

«Nein, nein, der ist auch schon lange ausgeschieden. Nein, ich spreche von seinem Nachfolger, diesem Giannini, den ich von Anfang an nicht leiden konnte, so ein junger Kerl, groß und schlank. Noch nicht mal fünfzig wird der sein. Aber wie freundlich der jetzt plötzlich war. Es tue ihm ja so furchtbar Leid, dass ich gegangen sei, versicherte er mir, dabei war vollkommen klar, dass er in Wirklichkeit dachte: ‹Endlich sind wir diesen Cazzaniga los!› Dann hat er mir gedankt, weil ich immer so treu meine Pflicht erfüllt hätte, und ich habe mich ebenfalls bedankt, wie so ein Idiot, dabei weiß ich doch ganz genau, dass ich meine Pflichten gar nicht wirklich erfüllt habe. So viele Angelegenheiten musste ich unerledigt liegen lassen: den Vertrag mit den Deutschen von Mercedes …, die große Filiale in Brindisi, die längst eröffnet sein sollte und die immer noch in der Planung ist …, Signorina Bertelli, deren Mutter im Krankenhaus liegt und die mich um ein paar zusätzliche Urlaubstage gebeten hat …, kurzum, ein ganzer Haufen kleiner und großer unerledigter Dinge …, und ich stehe hier am Kai von Mergellina und weiß nicht, was ich mit mir anfangen soll. Als ich mich heute Morgen anzog, habe ich gedacht: ‹Was hat das eigentlich für einen Sinn, mit Anzug und Krawatte aus dem Haus zu gehen, wenn ich gar nicht ins Büro fahre?› Ist das nicht so, als würde ein General seine Uniform auch nach der Verabschiedung weiter tragen? Dabei hätte ich ja auch schon vor drei Jahren aufhören können … mit der Altersschiene …»

«Altersschiene? Was meinst du damit?»

«Ganz einfach. Das ist eine Art Vorruhestandsregelung. Du bekommst noch drei Jahre Gehalt, kannst aber zu Hause bleiben. Die Amis nennen das BTR, *Bridge to Retirement*, die Neapolitaner hingegen haben es HDV getauft, ‹Hauptsache, du verschwindest›.»

«Und das hast du dir wirklich entgehen lassen? Warum bloß?»

«Weil ich mir nicht vorstellen konnte, was ich mit meiner freien Zeit anfangen sollte. Ich war nicht vorbereitet. Wer weiß, vielleicht sollte man spezielle Schulen gründen, in denen man lernt, die Hände in den Schoß zu legen ..., Schulen des Müßiggangs also. Für mich jedenfalls gilt: Zwischen Stress und Langeweile entscheide ich mich ohne lange nachzudenken für den Stress.»

«Jetzt warte erst mal ab», macht ihm Bellavista Mut, «schließlich ist heute erst dein erster Tag im Ruhestand. In ein paar Wochen redest du schon ganz anders. Ich selbst habe vor zehn Jahren eine ganz ähnliche Krise durchgemacht. Aber man überwindet sie mit der Zeit, indem man zu seinen alten Gewohnheiten zurückfindet. Man fängt wieder an zu lesen, hört mehr Musik, sieht sich alte Filme auf Video an und frischt vor allem alte Freundschaften auf. Aber jetzt reicht's mit dem Trübsinn: Gehen wir doch in unsere Bar und genehmigen uns einen kleinen Prosecco.»

«Gut, einverstanden. Aber was ist danach?», gibt Cazzaniga keine Ruhe. «Was soll ich dann machen? Nach Hause gehen und den Fernseher einschalten? Also ich weiß nicht, es ist doch peinlich, um elf Uhr morgens fernzusehen. Sieh mal, Gennaro, in dieser Beziehung haben's Frauen wirklich besser als wir: Die haben doch immer irgendetwas zu erledigen. Und wenn es nur die Hausarbeit ist. Das ist doch immerhin eine sinnvolle Tätigkeit und vor allem eine, mit der man Gott sei Dank nie fertig wird. Ich aber weiß einfach nicht, was ich mit mir anfangen soll. Und zu allem Überfluss plagen mich auch noch entsetzliche Versuchungen. Heute Morgen zum Beispiel juckt's mich die ganze Zeit in den Fingern,

Signorina Bertelli anzurufen, um zu hören, wie es ihrer kranken Mutter geht …»

«… dann ruf sie doch an. Wer will es dir verbieten?»

«Und wenn sie mir dann erzählt, wer mich schon gesucht hat, und mir von den Neuigkeiten aus der Firma berichtet? Nehmen wir nur an, der Betriebsrat will die Vereinbarung nicht unterzeichnen, die ich noch letzten Monat mit Giannini ausgearbeitet habe. Wie reagiere ich dann? Nein, nein, besser ich rufe erst gar nicht an.»

Nun ja, Cazzaniga ist zwar in Rente, mit dem Kopf aber noch ganz im Büro. Bellavista kann ihn verstehen, hatte er doch selbst, als er aus dem Schuldienst ausschied, eine schwere Zeit durchzumachen. Er hatte das Gefühl, auf einmal nutzlos zu sein. «Ich bin einer zu viel auf der Welt», sagte er, wenn man ihn auf seine trüben Gedanken ansprach. Ein Satz, der genau genommen einem Selbstmord gleichkommt. Jetzt aber ist es seine Aufgabe, dem Freund neuen Mut zu machen.

«Pass mal auf, Renato. Mir ging es doch genau wie dir. Aber mit der Zeit habe ich gelernt, mir neue Interessen zu schaffen. So gebe ich zum Beispiel jetzt drei Schülern aus dem Umberto-Gymnasium Privatstunden. Ein Weg, um sich nicht überflüssig vorzukommen. Aber es gibt noch tausend andere. Mir jedenfalls macht die Sache Spaß. Einer meiner Schüler ist Giacomo, ein sehr intelligenter Bursche. Er redet zwar nicht viel, aber ihm entgeht nichts, und wenn er nachfragt, spürt man immer, dass er sich Gedanken gemacht hat. Die anderen beiden hingegen sind eine wahre Katastrophe. Peppino hat in seinem Leben noch nie richtig gelernt. Nur über Fußball weiß er alles. Der kann dir die Mannschaften von Napoli aus den letzten zehn Jahren auswendig aufsagen, einschließlich der Auswechselspieler. Aber wenn man ihn auf Leonardo da Vinci anspricht, antwortet er, das sei ein Flughafen. Und bei Jessika sieht es nicht besser aus. Das Einzige, was die im Kopf hat, sind Kleider, Jungs und das allabendliche Flanieren die Via dei Mille rauf und runter. Aber ob du's glaubst oder nicht: Wenn ich mit den dreien zusammen bin, kommt mir mein Leben reicher vor. Hast du eigentlich schon mal ein Altersheim von innen gesehen, eine jener Einrichtungen, in die Kinder ihre alten Eltern in Verwahrung geben, um sie nicht mehr um sich haben zu müssen? Glaub mir, wenn du die Greise dort siehst, die tief über ihre Stöcke gebeugt von nichts anderem als ihren Zipperlein reden oder von einem Freund, der ‹leider auch gegangen ist›, überkommt dich eine unendliche Traurigkeit. Bist du aber mit jungen Leuten zusammen und hörst dir ihre Gespräche an, und seien sie noch so banal und oberflächlich, erwachen neue Lebensgeister in dir, und du fühlst dich, als wärst du selbst wieder jung.»

3

Nietzsche

Seit mehr als einem Jahr erteilt Professor Bellavista nun schon nachmittags Privatunterricht, zum einen, um sich die Zeit zu vertreiben, zum anderen, um seine Pension aufzubessern, die, man muss es leider sagen, alles andere als großzügig bemessen ist. Drei Achtzehnjährige sind seine Schüler: zwei Jungen und ein Mädchen, die alle drei gut, ja sogar sehr gut aussehen, wie es aber wohl in ihrem Alter nicht anders zu erwarten ist. Die Jungen heißen Peppino und Giacomo, das Mädchen Jessika. Jessika mit K selbstverständlich.

«Morgen früh», sagt Peppino, als er hereinkommt und sich sogleich in den erstbesten Sessel plumpsen lässt, «nehmen wir Nicce durch. Ach übrigens, Professore, wie schreibt man eigentlich Nicce?»

«Nicht Nicce, sondern Nietzsche», antwortet Bellavista, «mit fünf Konsonanten hintereinander, und zwar mit t, z, s, c und h.»

«Na schön, aber lieber Himmel, ich kann Ihnen sagen, unser Lehrer ist wirklich ein sturer Hund. Der ist richtig besessen von diesem Nicce», fährt Peppino fort. «Er hält ihn für den größten Philosophen des zweiten Jahrtausends. Wenn schon, aber ich glaub das nicht. Wenn ihr mich fragt, hat der sich nur furchtbar aufgeblasen. Aber der Alte erwähnt ihn mindestens alle zwei Minuten.»

«Das kann ich gut verstehen», meint Bellavista. «Mit Nietzsche liegt man immer richtig. Schließlich hat er alles behauptet, und auch das Gegenteil von allem.»

Die drei nehmen ihre Hefte heraus, und Giacomo, auch Giaggià genannt, setzt seine Brille auf, um dann in Großbuchstaben mitten auf eine Seite «Nietzsche» zu schreiben. Peppino ist im Jogginganzug erschienen und schwitzt aus allen Poren. Offenbar hat er bis eben noch Fußball gespielt. Jessika hingegen trägt eine über den Knien aufgerissene Jeans und dazu ein Top, das den Bauchnabel frei lässt. Bellavista bemerkt es und kommt nicht umhin zu denken, dass ein Mädchen, das sich so zurechtmacht, zu seiner Zeit aus dem glorreichen Jacopo-Sannazaro-Gymnasium schon gleich am ersten Schultag geflogen wäre. Nietzsche ist ihr vollkommen einerlei, und ihr Gesicht verrät es.

«Zunächst einmal ist festzuhalten», beginnt der Professor, «dass es auf Erden keinen größeren Feind seines Nächsten gegeben hat als Nietzsche. Wahrscheinlich war es schon der Ausdruck ‹Nächster›, den er nicht ertrug, verstanden als Individuum, das im Bus neben einem sitzt und dessen Gestank man sich nicht entziehen kann. Stellt euch einfach Jesus vor und dazu einen Menschen mit der genau entgegengesetzten Einstellung. Das ist Nietzsche.»

Und mit diesen Worten steht Bellavista auf und nimmt ein Buch aus der Bücherwand hinter ihm. Es ist eine Nietzsche-Biografie mit einem Porträt des Philosophen auf dem Einband.

«Um ihn aber besser zu verstehen», fährt der Professor fort, «muss man ein wenig über sein Leben Bescheid wissen. Nun, Nietzsche war der Sohn eines protestantischen Pfarrers und einer jungen Frau namens Franziska, die im Leben nur ein Ziel hatte: eine gute Christin zu sein. Schon von Kindesbeinen an gab sich unser Philosoph als Menschenfeind. Er sonderte sich von den anderen Kindern ab und sprach und spielte nicht mit ihnen. Er saß lieber ganz still in einer Ecke und beobachtete nur. Gut, später hatte er auch zwei Freunde, Wilhelm und Gustav nämlich, aber im Grunde waren sie ihm ziemlich gleichgültig. Nietzsche gefiel sich darin, den Chef zu spielen, oder, in seinen Worten, den Übermenschen. In jungen Jahren waren es vor allem drei Dinge, die ihn anzogen: die Musik, die Dichtkunst und die Einsamkeit. In der Schule weigerte er sich, Mathematik zu lernen.»

«Mathe finde ich voll ätzend», stellt Jessika klar. «Ich darf also behaupten, dass ich ein ganz ähnlicher Typ wie Nietzsche bin.»

«Nicht so voreilig, Signorina», warnt Bellavista sie. «Hör erst mal, wie seine Geschichte ausgeht. Also, wie gesagt, war er bis auf die Mathematik in fast allen Fächern gut, oder sagen wir lieber, er tat gerade genug, um nicht sitzen zu bleiben. Aber er war nun mal ein schwieriger Charakter, nicht zuletzt, weil sein Vater starb, als er gerade mal fünf Jahre alt war, und gleich darauf sein zweijähriges Brüderchen. Vielleicht versteht ihr besser, was er für ein Mensch war, wenn ihr hört, dass er einmal, ähnlich wie Muzio Scevola, seine rechte Hand ins Kaminfeuer hielt, und zwar so lange, bis ein Kamerad sie ihm mit Gewalt fortriss. Gesundheitlich ging es ihm meistens schlecht. Er hatte ständig Kopfschmerzen, und da damals Schmerztabletten noch nicht erfunden waren, konnten ihm die Ärzte nur Eisbeutel für die Stirn und Aderlässe verschreiben.»

«Und wie sah's mit Bräuten bei ihm aus?», möchte Peppino wissen.

«Ziemlich schlecht, würde ich sagen», antwortet Bellavista. «Mit zwanzig war er nämlich noch Jungfrau. Aber zu diesem Thema gibt es eine Anekdote, die ich unbedingt erzählen sollte. Eines Tages bat er einen Hausmeister der Universität, ihm ein Haus zu empfehlen, wo sich gut speisen ließe, und dieser schickte ihn nicht in ein gutes Restaurant, sondern in ein Freudenhaus. Im ersten Moment verstand Nietzsche gar nicht, wo er da gelandet war, doch als er sich über die Atmosphäre klar wurde, setzte er sich ans Klavier und klimperte einen Walzer, um dann aber sogleich, als die Huren ihm applaudierten, Hals über Kopf die Flucht zu ergreifen.»

«Professore», unterbricht ihn Jessika, «stimmt es eigentlich, dass Sie als Milchtüte auch ins Bordell gegangen sind? Peppino hat mir da so was gesteckt.»

«Als Milchtüte? Du meinst als junger Mann? Ach ja, das waren noch Zeiten», seufzt Bellavista und hebt die Augen zum Himmel. «Aber damit das klar ist, ich trauere nicht den Freudenhäusern nach, sondern meiner Jugend.»

«Dann haben Sie also im Puff zum ersten Mal gepoppt?», bohrt Jessika höchst interessiert weiter.

«Ich weiß zwar nicht so genau, was ‹poppen› bedeutet, aber ich kann's mir schon denken. Doch egal wie, jedenfalls begann für mich in der Via Nardones 68 in den

Quartieri Spagnoli die Begegnung mit dem anderen Geschlecht. Hier habe ich überhaupt zum ersten Mal eine Frau nackt gesehen. Ich war siebzehn, und um reingelassen zu werden, musste ich mein Geburtsdatum im Ausweis ein wenig abändern.»

«Heute ist das alles viel einfacher», bemerkt Peppino kichernd, «wenn man mit 'ner Tussi einen klarmachen will, gräbt man sie eben an. Und was das Wichtigste ist, es läuft alles ohne Knete. Jessika zum Beispiel hat noch nie jemanden dafür was abdrücken lassen.»

«Das kannst du aber laut sagen», gibt das Mädchen zurück. «Und mit dir würd ich's nicht mal für eine Milliarde machen.»

«Und ich mit dir nicht mal für fünftausend Lire», erwidert Peppino ziemlich eingeschnappt.

«Jetzt aber Schluss», geht der Professor dazwischen. «Wenn ihr erlaubt, möchte ich jetzt mit dem Unterricht fortfahren. Also, was ich sagen wollte: Mit gerade mal vierundzwanzig Jahren erhält Nietzsche schon einen Ruf auf den Lehrstuhl für Altphilologie in Basel. Wir schreiben das Jahr 1869. Auf der Universität machen sich dann bei ihm immer mehr Zeichen geistiger Gestörtheit bemerkbar, wenn auch weniger in seinem Verhalten als in seinen Worten. Eines Tages erklärt er: Man muss noch Chaos in sich haben, um einen tanzenden Stern gebären zu können. Und wie als Beweis, dass er Chaos in sich hat, fügt er hinzu: Der Mensch ist ein Seil, geknüpft zwischen Tier und Übermensch – ein Seil über einem Abgrunde. Wenn Nietzsche hier vom Abgrund redet, ist damit natürlich der Wahnsinn gemeint. Nur ist dieser für ihn kein Unglück, sondern eine Gnade. So lässt er zum

Beispiel Zarathustra sprechen: Ich liebe den Menschen, der den Abgrund überquert, und ich liebe ihn auch, wenn er stürzt.»

«Okay, alles klar», fällt Peppino, der die Sache immer auf den Punkt bringen will, Bellavista ins Wort, «der Typ war absolut durchgeknallt.»

«Ja, er war verrückt, aber er war auch ein echtes Genie. Von ihm stammt die Antithese Apollon-Dionysos, und da sah er sich ganz auf der Seite von Dionysos. Ja, mehr noch … er war der festen Überzeugung, eine Reinkarnation dieses Gottes der Ekstase zu sein. Selbst in seiner äußeren Erscheinung wollte er sich von allen anderen unterscheiden: So trug er stets einen grauen Zylinder, mit dem er in einer Provinzstadt wie Basel natürlich auffallen musste, und war immer allein unterwegs, und das mit düsterer Miene und diesem Riesenschnurrbart über den Lippen …»

«… ach, apropos Schnurrbart», schaltet sich Jessika ein, indem sie für die Gefährten auf das Nietzsche-Porträt auf dem Bucheinband zeigt, «ich frage mich wirklich, wie er mit diesem Besen eine Frau knutschen konnte. Der muss doch voll im Weg gewesen sein.»

«Ganz einfach», meint Giacomo lachend, «der hat nicht geküsst. Hast du nicht zugehört? Der Professor hat doch erklärt, dass er in punkto Frauen immer in die Röhre geguckt hat.»

«Nein, ganz so stimmt das nicht», verbessert ihn Bellavista. «Auch Nietzsche hatte seine Affären. Mit Cosima Wagner und Lou Salomé zum Beispiel, um nur zwei zu nennen.»

«Ach, Gott sei Dank», seufzt Jessika, «einen Typ, der

nichts mit Frauen hat, hätte ich auch voll daneben gefunden ... Den Schnurrbart muss man vergessen.»

«Beginnen wir mit Cosima Wagner, der Tochter des Musikers Franz Liszt», fährt Bellavista fort. «Nietzsche lernt sie als Gattin Wagners kennen, aber in Wirklichkeit ist sie damals nur seine Lebensgefährtin. Cosima gefällt der seltsame Professor, und der nutzt das sogleich aus, um Stammgast im Hause Wagner zu werden. Nun, im Vertrauen, diese Cosima war eigentlich gar nicht so eine brave Seele. Ganz im Gegenteil, sie hatte was mit vielen Männern, und in diese Schar reiht sie nun auch Nietzsche ein.»

«Mit anderen Worten, Professò: Nietzsche hat Wagner Hörner aufgesetzt», fasst Peppino zusammen. «Stimmt's oder hab ich Recht?»

«Ja, wahrscheinlich. Auch wenn die Dinge so einfach nicht lagen. Und noch viel weniger mit Lou Salomé.»

«Wie meinen Sie das?», fragt Giacomo.

«Nun, Lou Salomé war eine schöne junge Russin. Nietzsche begegnet ihr zum ersten Mal in Rom im Petersdom. Ein befreundeter Philosoph, der junge Paul Rée nämlich, stellt sie ihm vor. Sie ist damals erst einundzwanzig und wie gesagt sehr schön und auch sehr intelligent. Kaum hat er sie erblickt, da hat er sich auch schon wie ein Schuljunge unsterblich in sie verliebt. Noch am selben Tag will er sie heiraten. Doch Lou hat für die Institution der Ehe nicht viel übrig und erzählt ihm von einem wunderschönen Traum, in dem sie glücklich und zufrieden mit zwei Männern zusammenlebt. Und so beginnt eine *ménage à trois*: Paul Rée, Friedrich Nietzsche und Lou Salomé.»

«Diese Ferkel», bemerkt Peppino trocken.

«Sagen wir lieber: intellektuelle Exzentriker», verbessert ihn der Professor.

«Okay, intellektuelle Ferkel», lässt sich Peppino nicht beirren.

«Na schön, wie du willst», gibt sich Bellavista geschlagen. «Sicher ist aber, dass sich die drei einmal in folgender Pose fotografieren ließen: Lou Salomé auf einem Karren mit einer Peitsche in der Hand, und Nietzsche und Paul Rée wie die Zugpferde vor den Wagen gespannt.»

«Bitte, wenn's ihnen Spaß macht ...», bemerkt Giacomo.

«Dann, eines Tages, machen sie einen Ausflug zum Ortasee. Sie sind zu viert: Nietzsche, Paul Rée, Lou und Lous Mutter. Irgendwann schlägt das Mädchen vor, einen Hügel, Monte Sacro genannt, zu erklimmen. Sie wolle die Aussicht von oben auf den See genießen. Ihre Mutter und Paul haben keine Lust, ihnen ist der Anstieg zu beschwerlich. Nietzsche aber begleitet sie. Nun, was soll ich sagen, es muss eine ganz außergewöhnliche Wanderung gewesen sein, denn Lou Salomé gesteht einige Jahre später ein, auf dem Monte Sacro liebeskrank geworden zu sein. Und Nietzsche schreibt in einem Brief vom schönsten Tag seines Lebens. Was dort aber genau vorgefallen ist, hat man nie erfahren.»

«Was soll schon passiert sein, Professò? Sie haben gerammelt!», wirft Peppino ein. «Die zwei allein dort oben auf dem Berg, klar, da haben sie richtig ...»

Doch Bellavista unterbricht ihn. «Ich möchte dich bitten, deine Wortwahl während des Unterrichts den behandelten Themen anzupassen.»

Woraufhin Jessika ausnahmsweise einmal Partei für ihren Klassenkameraden ergreift.

«Ganz cool bleiben, Professore: Peppino ist nun mal ein Proll. Der hat für Feinheiten nichts übrig und nennt die Dinge gern beim Namen.»

«Was habe ich denn so Schlimmes gesagt?», protestiert Peppino, indem er sich mit Unschuldsmiene umblickt. «Natürlich haben die beiden gepoppt. Jede Wette. Warum soll das sonst der schönste Tag seines Lebens gewesen sein?!»

«Na schön, aber kehren wir doch zu Nietzsche zurück», gibt der Professor klein bei. «Jedenfalls dauert Lous Zusammenleben mit den zwei Männern nicht lange, nicht zuletzt, weil sie die beiden sehr unterschiedlich behandelt: In Paul sieht sie den Geliebten, in Friedrich den Philosophen, und dies ruft in beiden Männern Eifersucht auf den anderen wach. Rée nennt Lou Schneckelchen und geht jede Nacht mit ihr ins Bett. Nietzsche hingegen gibt ihr bei jeder Gelegenheit zu verstehen, dass er in ihr keine gleichberechtigte Freundin sehen kann und noch viel weniger eine Philosophin. Denn so denkt er tatsächlich über das andere Geschlecht. Hier einige Beispiele: Der Mann soll zum Kriege erzogen werden und das Weib zur Erholung des Kriegers, schreibt er in *Also sprach Zarathustra*. Oder: Das Glück des Mannes heißt: Ich will. Das Glück des Weibes heißt: Er will. Und zum Schluss der Klassiker: Gehst du zum Weibe, vergiss die Peitsche nicht.»

«Mein Gott, dieser Nietzsche pisst mich ganz schön an», macht Jessika ihrer Empörung Luft. «So'n Typ müsste mich mal abschleppen. Dem würd ich die Peitsche abnehmen und ihn dann gnadenlos, von oben bis unten, mal so richtig durchnudeln.»

«Beherrsch dich, Jessika», weist Bellavista sie zurecht. «Tatsache ist jedenfalls, dass Nietzsche Frauen für unfähig hält, echte Freundschaften zu schließen. Ebenfalls in *Also sprach Zarathustra* vergleicht er sie mit Katzen, Vögeln oder Kühen, bestenfalls noch mit Hunden. Schließlich haben Frauen ja auch nichts anderes als Tanz, Kleider und Schmuck im Kopf.»

«Wie? Das verstehe ich nicht», fragt Jessika nach, indem sie den Professor von der Seite anblickt. «Ist das nun Ihre Meinung, oder hat Nietzsche das gesagt?»

«Natürlich Nietzsche», antwortet Bellavista augenzwinkernd. «Ich denke doch ganz anders über Frauen. Wie fade wäre das Leben ohne sie! Man braucht sich doch nur umzublicken, um sich darüber klar zu werden, wie viel uns Männern entgehen würde, wenn die Welt nur von Geschlechtsgenossen bewohnt wäre.»

«Oh, vielen Dank, Professore: zu freundlich.»

«Aber apropos Frauen, eine weitere Frau, die in Nietzsches Leben eine bedeutende Rolle spielte, dürfen wir nicht vergessen: seine Schwester Elisabeth. Um es ganz harmlos auszudrücken: Sie und Lou Salomé waren sich nicht besonders grün. Eine jede verleumdete die andere in übelster Weise, und wer weiß, vielleicht haben diese endlosen Streitereien ihren Teil dazu beigetragen, dass unser Philosoph irgendwann den Verstand verliert. Fest steht jedenfalls, dass Nietzsche eines Tages in Turin zu einem kleinen Spaziergang das Haus verlässt. Da sieht er einen Kutscher, der seinen Gaul blutig peitscht, bricht in Tränen aus und klammert sich schützend an den Hals des Tieres. Dann küsst er es aufs Maul und sinkt ohnmächtig zu Boden. Wir schreiben den 3. Januar 1889. Wie Kundera sagt: Da hatte er sich schon weit von den Menschen entfernt. In den darauf folgenden Tagen lässt seine Mutter ihn, mit Unterstützung eines Nervenarztes, in eine Klinik bringen, oder deutlicher ausgedrückt, in ein Irrenhaus einsperren. Aber sie hat wohl auch keine andere Wahl: Ihr Sohn hat vollkommen den Verstand verloren, ist zu einem rasenden Geisteskranken geworden. Ich lese euch jetzt mal vor, was im Krankenjournal der Klinik in Jena zwischen dem 22. Januar und dem 16. Juli zu Nietzsche eingetragen ist.»

Und mit diesen Worten nimmt Bellavista die Nietzsche-Biografie zur Hand und schlägt die letzten Seiten auf.

«Am 22. Januar klagt der Patient Friedrich Nietzsche über starke Kopfschmerzen. Am 24. Januar wird er mit Exkrementen besudelt vorgefunden: Er selbst hat sich von Kopf bis Fuß damit eingeschmiert. Am 23. Februar traktiert er einen anderen Patienten mit Fußtritten. Am 26. März grölt er um drei Uhr morgens ein Lied aus vollem Hals und weckt die ganze Abteilung auf. Am 1. April behauptet er, er habe des Nachts mit vierundzwanzig Prostituierten geschlafen. Am 5. Mai uriniert er in seinen Stiefel und trinkt ihn aus. Am 18. April isst er seine eigenen Exkremente ...»

«Was soll das heißen: isst seine eigenen Exkremente?», fragt Peppino fassungslos. «Dass er seine Scheiße gefressen hat? Seine eigene Scheiße?»

«Hier ist von Exkrementen die Rede», stellt Bellavista klar.

«Herr Gott im Himmel», ruft Peppino angewidert aus. «Der Typ hat seine eigene Scheiße gefressen!»

«Nun hört weiter zu. Ich bin noch nicht fertig: Am 10. Juni schlägt er ein Fenster ein. Am 2. Juli pinkelt er in ein Wasserglas und trinkt den Urin. Am 14., 15. und 16. Juli wird er erneut mit Exkrementen beschmiert vorgefunden, und so geht es weiter bis zum 25. August, jenem Tag, an dem er, Gott sei gepriesen, endlich sterben darf.»

«Und über diesen durchgeknallten Vogel sollen wir was lernen?», fragt Peppino, der seinen eigenen Ohren nicht traut.

«Alles klar», meint Jessika, «der Typ war weg.»

«Nein, er war drinnen, im Irrenhaus», stellt Bellavista klar.

«Ja, ich weiß, ich meine nur, er war weg, nicht mehr bei sich, voll abgedreht.»

«Sagen wir lieber, er war schwer krank. Ein tobender Kranker. Doch nun genug zu seiner Biografie. Nehmen wir lieber mal sein Denken unter die Lupe: Nietzsche sah sich als einen Aristokraten des Geistes. Wenn er über gewöhnliche Sterbliche schreibt, sind sie immer hässlich, dreckig, böse. Mitleid mit Schwächeren ist ihm verhasst. Die Tatsache, dass eine Mehrheit leidet, ist für ihn vollkommen irrelevant, wenn im Ausgleich dafür ein Übermensch hervorgebracht wird. Sollen doch ruhig zehn Millionen Franzosen sterben, das ist ihm kein zu hoher Preis für einen einzigen neuen Napoleon. Und er sagt: Zwei Dinge hasse ich auf Erden mehr als alles andere: das Christentum und die Frauen.»

«Dass er auf Frauen nicht gut zu sprechen war, kann

ich nach seinen Erfahrungen mit Lou Salomé und Cosima Wagner ja noch verstehen», bemerkt Giacomo. «Aber was hat er denn gegen das Christentum?»

«Nun, er hält es für eine Religion, die nur für Sklaven taugt. Die christliche Lehre sei eine große Lüge. Der Übermensch, so behauptet er, habe niemandem zu gehorchen, am allerwenigsten Gott. Und den Menschen könne man keinen schlechteren Rat geben als den, ihre Nächsten zu lieben wie sich selbst. Damit stelle man sich nur auf eine Stufe mit der tumben Masse.»

4

Ein geborener Stellvertreter

Es gibt viele verschiedene Ausdrücke dafür – «sich dünn machen», «die Mücke machen», «abtauchen», «die Flatter machen» –, aber es läuft doch immer auf das Gleiche hinaus: die Schule schwänzen. Wer noch nie geschwänzt hat, der hebe die Hand. Aus dem ein oder anderen Grund haben wir es doch alle mal getan. Vielleicht, um mit dem Mädchen aus der II b spazieren zu gehen (die so süß war, aber auch so kühl), um Fußball zu spielen oder auch ganz einfach nur, weil an jenem Tag die Sonne so herrlich schien und man keine Lust hatte, eingesperrt in einem öden, grauen Klassenzimmer zu sitzen. Hinzu kommt natürlich noch der Reiz des Verbotenen, der leichte Schauer bei dem Gedanken, vielleicht von den Eltern oder einem Lehrer ertappt zu werden. Genau das ist es, was Jessika passiert. Zusammen mit ihrer Freundin Giada und zwei älteren Jungen hat sie blaugemacht. Zunächst waren sie im Park und dann in der Via dei Mille zu einem Schaufensterbummel. Und wer läuft ihnen da um Punkt zwölf Uhr mittags in nur einem Meter Entfernung über den Weg? Signora Biagini, die Latein- und Griechischlehrerin, höchstpersönlich.

Pärchenweise eng umschlungen spazieren sie die Straße entlang, als plötzlich ihre Lehrerin vor ihnen steht.

Einige Sekunden sagt niemand ein Wort, dann fordert Signora Biagini die beiden Mädchen auf, am folgenden Montag Punkt zwölf Uhr dreißig in Begleitung des Vaters oder eines Stellvertreters bei ihr zu erscheinen. Bei dem Wort «Stellvertreter» denkt Jessika sofort an Professor Bellavista.

«Die Biagini ist doch eine blöde Zicke!», sagt sie zu ihm. «Wegen solch einem Bullshit ist die im Stande und versaut mir das Abi.»

«Na ja, liebe Jessika, du hast das Unglück aber auch selbst heraufbeschworen», gibt Bellavista zu bedenken. «Ich meine: Du willst schwänzen? Bitte schön! Aber dann spazier doch wenigstens nicht hundert Meter vom Gymnasium entfernt herum! Da musste euch doch jemand über den Weg laufen, der euch kennt. Da kann ich dir jetzt nichts anderes raten, als alles deinem Vater zu beichten.»

«Ja, vor allen Dingen, dann kann ich den Ofen vergessen.»

«Den Ofen?»

«Das Moped.»

«Welches Moped?»

«Das Moped, das mir mein Alter zum Geburtstag versprochen hat. Sie wissen doch, wie nervig mein Vater ist. Wenn der erfährt, dass ich blaugemacht habe, kann ich nicht nur das Moped vergessen, sondern komme auch samstagabends nicht mehr aus dem Haus! Nein, nein, Sie müssen mir helfen. Sie müssen da hingehen. Der Zicke sagen wir einfach, dass mein Vater todkrank ist, ein Tumor oder so was, und dass Sie ein Freund der Familie sind. Und soll ich Ihnen mal was sagen: Sie haben genau das Gesicht, das zu einem ‹Stellvertreter› passt.»

Diese letzte Bemerkung gibt Bellavista doch einigermaßen zu denken. Er fragt sich, wie wohl so ein typisches Stellvertretergesicht aussieht. Er würde gern mehr darüber erfahren, hütet sich aber, sich nach Einzelheiten zu erkundigen. Er fürchtet, zur Antwort zu bekommen, ein guter Stellvertreter sei eben ein Alter, dem man sofort ansieht, dass er mit jungen Leuten nichts mehr zu schaffen hat.

Schließlich tut Bellavista Jessika den Gefallen. Signora Biagini ist sehr freundlich und spricht nicht nur übers Schwänzen, sondern auch über unbestimmte Zeitformen im Griechischen, von denen Jessika allem Anschein nach keinerlei Ahnung hat.

«Werter Kollege», sagt sie, «ich gebe mir ja die größte Mühe, die jungen Menschen gut vorbereitet ins Abitur zu schicken, aber die meisten haben einfach keine Lust, etwas zu lernen. Wissen Sie, was ich zu hören bekomme, wenn ich unregelmäßige Verben abfrage?»

«Nein, was denn?»

«‹Was bringt uns das?›, fragen sie mich. Die Schüler unterscheiden sehr genau zwischen nützlichen und nutzlosen Fächern, und wenn sie glauben, ein Fach bringe ihnen wenig ein, wollen sie auch nichts davon hören. Geht es um Englisch oder Computer, Hut ab, dann sind sie mit Eifer bei der Sache, aber wenn ich nur mal ganz sachte ein paar unregelmäßige Verben anspreche wie *maínomai** oder *clépsomai***, fangen sie gleich an zu lachen.»

«Offen gesagt, Signora», antwortet Bellavista, «weiß

* wütend sein

** stehlen

ich nicht, wem ich in dieser Frage Recht geben soll. Sehen Sie, die Amerikaner haben ihre Schulen ja ganz pragmatisch ausgerichtet. Spezialisierung ist das Zauberwort. Je weiter ein Schüler kommt, desto mehr Fächer kann er abgeben, um sich noch stärker auf die von ihm gewählten zu konzentrieren. Es ist fast so, als sagten amerikanische Eltern zur Schule: ‹Ich vertraue dir mein Kind an, und dafür erwarte ich, dass ich es als besten Informatiker der Vereinigten Staaten von dir zurückbekomme. Warum sollte ich dich sonst so gut bezahlen?› Wir Italiener hingegen verlassen das humanistische Gymnasium und haben von nichts eine Ahnung, oder genauer, wir haben das Gefühl, nur nutzlose Dinge gelernt zu haben. Was können wir denn mit Latein oder Griechisch, Geschichte oder Philosophie im wirklichen Leben anfangen? Gar nichts. Und doch danke ich unserem Herrgott, und mit ihm dem Philosophen Giovanni Gentile, dafür, dass er das humanistische Gymnasium erfunden hat. Denn nur dort erlangt man in meinen Augen die wahre Reife, jene, die einen das ganze Leben über begleitet, egal welchen Beruf man schließlich ausübt.»

«O vielen Dank, lieber Professor, danke für diese schönen Worte», antwortet Signora Biagini begeistert. «Sie wenigstens wissen noch den Wert humanistischer Bildung zu schätzen. Darum bitte ich Sie nun: Dringen Sie bei Jessikas Eltern darauf, dass sie die schulischen Leistungen ihrer Tochter genauer verfolgen. Nicht dass sie ein hoffnungsloser Fall wäre, um Himmels willen, das nicht, ich hatte schon mit weit schlimmeren zu tun. Aber sie treibt sich zu viel mit den jungen Burschen herum. Und außerdem muss sie lernen, sich gewählter auszudrücken. Glauben Sie mir, wenn man sie so hört, könnte man glauben, man habe einen Hafenarbeiter vor sich.»

Nach dem Besuch bei der Lehrerin lädt Bellavista Jessika zu einem Eis auf der Piazza dei Martiri ein.

«Eigentlich hast du es nicht verdient», sagt er, «aber bei dem herrlichen Wetter können wir uns vielleicht raussetzen.»

Er bestellt sich ein Semifreddo und sie ein Eis in der Waffeltüte. Irgendwann kommt Bellavista auf ihr Verhältnis zu den männlichen Klassenkameraden zu sprechen.

«Wer war denn der Junge, mit dem dich die Biagini erwischt hat: Peppino oder Giacomo?»

«Gott sein Dank keiner von beiden. Nein, der Typ ist voll cool. Ich hab ihn in der Gabbia kennen gelernt.»

«Wo?»

«In der Gabbia, das ist 'ne Disco.»

«Und was macht er so? Geht er noch zur Schule?»

«Nein, der hängt den ganzen Tag so ab.»

«Und bist du in ihn verliebt?»

«Quatsch. In den doch nicht. Nee, Prof, man merkt, dass Sie mich nicht richtig kennen. Verlieben ist bei mir nicht drin: Wenn ein Typ richtig scharf ist, werd ich höchstens geil und geh mit ihm in die Kiste. Aber das dauert nie länger als 'ne Woche. Und wenn Sie es genau wissen wollen, den Typ hab ich gerade abserviert.»

Der Professor ist einerseits beruhigt, dass seine Jessika dem Jungen schon den Laufpass gegeben hat, stört sich andererseits aber an der Tatsache, dass sie sich ihm, wenn auch nur für wenige Tage, hingegeben hat. Wie haben sich die Zeiten doch geändert! Seine Klassenkameradinnen früher waren entweder vollkommen abweisend oder mussten sich, um einen Kuss zu erlauben, schon unsterblich in einen verliebt haben. Heute sagen sich die jungen Leute kaum Guten Tag, dann gehen sie schon miteinander ins Bett. Und das ist es dann meistens auch schon.

«Dabei ist Liebe doch so wichtig», seufzt der Professor, so als denke er laut nach. «Kein Mensch kann ohne sie leben.»

«Für so babysche Gänse mag das vielleicht stimmen, für mich aber nicht», erwidert Jessika, die sich offensichtlich darin gefällt, die Abgebrühte zu spielen. «Wenn ich einen Typ sehe, der mich schmachtend abcheckt, hat er schon null Chance.»

«Und wie schaffst du es dann zu fliegen?»

«Zu fliegen?»

«Ja, zu fliegen», wiederholt Bellavista. «Ein Dichter hat einmal gesagt: ‹Wir sind Engel mit nur einem Flügel; fliegen können wir nur, wenn wir jemanden umarmen.›»

«Und was meint der damit? Dass man mit einem Flügel nicht abheben kann?»

«Ja, gewiss.»

«Das müssten Sie mal der Zicke erzählen. Die ist doch fast tot umgefallen, als sie uns Arm in Arm erwischt hat. Wer war denn dieser Dichter eigentlich?»

«Ich schenke dir mal ein Buch von ihm.»

«Muss ein voll fetter Typ sein.»

«Was meinst du damit?»

«Na ja, dieser Dichter, der hat's, glaub ich, voll drauf.

Ein fetter Typ eben. Wie sagt ihr denn, wenn einer okay ist?»

«Dass er ein Dichter ist.»

Das Eis ist gegessen, aber Bellavista hört nicht auf zu reden. Er will mehr über seine Schülerin wissen.

«Hast du eigentlich schon einen Neuen? Ich meine, gibt's da schon einen, der dir gefällt?»

«Ehrlich gesagt, nein. Aber soll ich Ihnen mal was sagen? Diese gestylten süßen Jungs stehen mir bis hier. Die sind so ätzend eitel und nichts sagend und haben nichts anderes im Kürbis als Fußball und Motorräder, ihre Nikes und ihre Markenklamotten und diesen ganzen Outfit-Bullshit. Ob Sie's glauben oder nicht, ich quatsch lieber mit Ihnen als mit einem von denen. Am liebsten würd ich mal einen anbaggern, der so um die dreißig ist.»

5

Einer um die dreißig

Es ist eine Sache, um die dreißig zu sein, denkt Bellavista, eine ganz andere aber, siebzig Jahre auf dem Buckel zu haben. Aber die süße kleine Jessika hat ihm, als sie sagte, dass sie sich für Dreißigjährige interessiere, sogar in die Augen geschaut. Jawohl, so war es: Sie hat ihm in die Augen geschaut, und ihm war, als habe sie zu ihm gesagt: «Bisher hab ich's mit kleinen Jungen versucht, jetzt will ich mal einen gestandenen Mann haben, so einen wie Sie.» Sein Problem ist jetzt: Wie soll er es anstellen, nicht daran zu denken? Denn so ein armer Alter, ein Fossil, um es in ihrer Sprache zu sagen, fragt sich natürlich: «Mache ich mir etwas vor, oder will sie mir tatsächlich irgendetwas zu verstehen geben? Und wie verhalte ich mich jetzt? Soll ich so tun, als habe ich nichts gemerkt? Aber was ist, wenn sie mich dann für verkalkt hält?»

An diesem Morgen ist Bellavista wie üblich früh am Morgen aufgewacht. Es ist noch vor sechs. Nun steht er im Bad, hat bereits den Heißwasserhahn aufgedreht und wartet geduldig, dass die Wanne voll läuft. Das wird noch mindestens eine Viertelstunde dauern. Was soll er in der Zwischenzeit tun? Gut, einverstanden, er könnte sich die Zähne putzen oder etwas Ähnliches, doch dadurch würde er sich der Gefahr aussetzen, bereits mit dem Denken anzufangen, bevor der magische Augenblick gekommen ist. Aber dann ist es so weit: Die Wanne ist voll, das Licht gelöscht, er hat seine Augen geschlossen und liegt bis zum Hals im Wasser. Die ideale Lage, um nichts anderes zu tun als nachzudenken. Gestern hat Jessika sinngemäß zu ihm gesagt: «Am liebsten wäre ich mal mit einem älteren Mann, mit einem so um die dreißig, zusammen», und er hat nicht reagiert, ist nur wie versteinert dagesessen und hat nicht die leiseste verbale Annäherung gewagt. Dabei hätte er sie doch fragen können: «Und wenn er noch etwas älter wäre, vielleicht so um die siebzig?» Dann wüsste er jetzt vielleicht, bis zu welchem Alter sie überhaupt gehen würde.

Um ihr nun genau diese Frage zu stellen, muss er sich einen Vorwand einfallen lassen, zunächst einmal, damit sie nach der Stunde überhaupt noch in seinem Arbeitszimmer bleibt. Das ist gar nicht so leicht. Aber heute könnte er ihr zum Beispiel sagen, er habe den Gedichtband gefunden, über den sie sich in der Bar auf der Piazza dei Martiri so lange unterhalten haben. Während er noch so über die Sache nachdenkt, beginnt er sich plötzlich zu schämen. Womit soll er sich rechtfertigen? Er stellt sich vor, Cazzaniga würde plötzlich seiner Tochter Patrizia den Hof machen. Aber ihn selbst und Jessika trennen sogar zweiundfünfzig Jahre. Zweiundfünfzig und nicht zehn, verdammt noch mal! Und das passiert ausgerechnet ihm, einem Mann, der auf ein langes untadeliges Leben zurückblicken kann, dass er plötzlich wegen eines achtzehnjährigen Mädchens den Kopf verliert. Was würde Professor Anzalone, der Direktor des Gymnasiums, an dem er Jahrzehnte unterrichtet hat, dazu sagen? Einverstanden, man lebt nur einmal, aber alles hat seine Grenzen, und er selbst hat diese Grenzen bereits überschritten, zumindest in Gedanken. Er denkt noch ein Weilchen darüber nach und schafft es schließlich tatsächlich, sich die Absolution zu erteilen. Hier galt es, zwischen Gedanken und Tat zu unterscheiden. Denken ist eine Sache, handeln eine ganz andere. Schließlich war alles, was er bisher getan hat, reine Phantasie, dazu noch in der Badewanne. Also handelt es sich nicht um die Realität, sondern um einen Traum. Dennoch stellt er sich die Frage, ob Jessika diese Dinge zu ihm gesagt hat, um ihn zu provozieren, oder weil sie tatsächlich hofft, dass er zur Tat schreitet.

Es ist vollkommen dunkel. Irgendwann ist ihm, als sehe er sie auf dem Wannenrand sitzen. Sie beobachtet ihn und lacht dabei.

«Ich hab dich in der Hand, Prof», sagt sie, «du hast mich schon wieder so schmachtend angeglotzt, genau wie gestern, als du mir beim Eisessen zugesehen hast.»

Mittlerweile geht das schon gut eine Woche so, dass Jessika morgens um sechs in seinem Badezimmer auftaucht, um ihm Gesellschaft zu leisten. Manchmal sitzt sie einfach nur da und beobachtet ihn, andere Male steigt sie selbst in die Wanne und legt sich zu ihm.

Heute Nachmittag aber wird er sie tatsächlich sehen, wie sie leibt und lebt. Denn für übermorgen sollen sich die Schüler auf Bergson, einen seiner Lieblingsphilosophen, vorbereiten. Giacomo hat es ihm am Telefon gesagt. Doch es reicht ihm nicht, sie im Unterricht mit den anderen zusammen zu sehen. Ja, es ist im Gegenteil sogar eher eine Qual als eine Freude für ihn. Er will sie ganz für sich alleine haben, wenigstens für eine halbe Stunde. Aber Jessika kam nie, auch nicht zehn Minuten, zu früh. Zu dritt trafen sie bei ihm ein, und zu dritt gingen sie wieder. Aber vielleicht war das auch besser so. Lieber träumen als der nackten Wahrheit ins Gesicht zu schauen. Solange er in der Badewanne lag, verlief ja alles ganz nach Wunsch. Schwierig wurde es nur, wenn man mit der traurigen Realität des Lebens konfrontiert wurde. Es war eben Bergson, der Philosoph der Konfrontation zwischen Leben und Materie, der ihn daran erinnerte.

6

Bergson

Als Erster betritt Giacomo, mit Büchern beladen, Bellavistas Arbeitszimmer, hinter ihm Peppino, natürlich im Jogginganzug, und als Letzte Jessika. Das Mädchen sieht, wenn überhaupt möglich, noch verführerischer als gestern aus. Jessika zieht ihre Jacke aus und steht in einem blassgrünen, knappen T-Shirt vor ihm, das sich so eng an ihren Busen schmiegt, dass sich deutlich die Brustwarzen darunter abzeichnen. Und als wenn das noch nicht reichen würde, trägt sie auch noch superkurze Shorts, die wirklich keinen Zentimeter tiefer als bis zur Schamgegend reichen.

Spontan kommt dem Professor das Gemälde von Domenico Morelli mit dem Titel «Die Versuchung des heiligen Antonius» in den Sinn. Darauf kniet der Heilige, sein Angesicht emporgerichtet, in der Ecke einer Höhle und fleht mit den Augen den Himmel um Hilfe an. Neben ihm sieht man, wie von unter einer Matte her zwei nackte Frauen auftauchen: Der Teufel hat sie ihm geschickt, um ihn zu versuchen. Nun, mit den nötigen Abstrichen, befindet er, Bellavista, sich in einer ganz ähnlichen Lage wie der heilige Antonius, nur ist es hier Jessika, die unter dem Teppich hervorschaut.

«Ist der eigentlich ödig, dieser Bergson?», fragt das Mädchen jetzt, indem es einen Packen Bücher auf das Sofa knallt.

«Du meinst, ob er langweilig ist? Nein, ganz und gar nicht», antwortet der heilige Antonius, das heißt Bellavista, «und gerade dir müsste er gefallen. Das ist nämlich ein Mann, der sich, vor die Wahl zwischen Vernunft und Instinkt gestellt, immer für Letzteres entschieden hat.»

«Okay», gibt sich Jessika zufrieden, «aber jetzt müssen wir reinhämmern, um halb sechs bin ich verabredet.»

Und damit verfliegt Bellavistas Hoffnung auf ein mögliches Tête-à-tête nach dem Unterricht. Der Professor versucht, sich nichts anmerken zu lassen, und beginnt mit der Vita des Philosophen.

«Henri Bergson wurde um die Mitte des neunzehnten Jahrhunderts in Paris geboren und gilt als größter französischer Denker der letzten zweihundert Jahre. Er machte eine glänzende wissenschaftliche Karriere, war seit 1900 Professor am Collège de France in Paris und seit 1914 Mitglied der Académie française. Als Krönung wurde ihm 1927 der Nobelpreis verliehen. Sein ganzes Denken war im Wesentlichen zweigleisig ausgerichtet …»

«Was soll das heißen, zweigleisig», fragt Peppino, «so wie bei der Eisenbahn?»

«Nein, nein, mit der Eisenbahn hat das nichts zu tun: Zweigleisig, oder binär, heißt hier dualistisch: Bei jeder Überlegung geht Bergson immer mit verketteten Fragen und Antworten vor. So in der Art: ja, nein; ja, nein; ja, nein. Habt ihr verstanden?»

«Nein», rufen Peppino und Jessika im Chor.

«Also gut, ich will es an einem Beispiel klarlegen», antwortet Bellavista geduldig. «Bergson unterscheidet zwei Bereiche der Wirklichkeit, den des Lebens und den der Materie. Was glaubt ihr nun, welchem Bereich gehört ihr an?»

«Also ich voll dem Bereich des Lebens, alle anderen dem der Materie», antwortet Jessika im Brustton der Überzeugung. «Besonders Männer sind ja alle mehr oder weniger materialistisch eingestellt. Die denken doch bloß an das Eine. Je besser ich sie kennen lerne, desto mehr kotzen sie mich an!»

«Nein, nein», verbessert sie Bellavista, «das hast du falsch verstanden: Die Materie besteht ja nur aus unbeseelten Dingen ohne eigenes Leben. Der Mensch als Lebewesen aber gehört dem Bereich des Lebens an. Doch der Reihe nach. Das gesamte Universum, sagt Bergson, entsteht aus der fortwährenden Konfrontation zwischen Leben und Materie. Das Leben neige dazu aufzusteigen, die Materie aber abzusinken, weshalb sie dazu bestimmt seien, immer wieder aufeinander zu stoßen. Und durch diese Zusammenstöße verändern sich laut Bergson sowohl die Materie als auch das Leben. Versteht ihr?»

«Nein», antworten Peppino und Jessika wieder im Chor.

«Ja, Herr im Himmel», wird Bellavista leicht ungeduldig, «von Darwins Evolutionstheorie werdet ihr doch schon mal gehört haben. Seht ihr. Und Bergson geht eben noch einen Schritt weiter. Er vertritt die Ansicht, nicht nur der Mensch passe sich der Natur an, sondern umgekehrt auch die Natur dem Menschen. Und so schließt sich der Kreis, und wir kommen zu der anfänglichen Unterscheidung zwischen Leben und Materie zurück. Bergson unterscheidet beim Leben zwischen Pflanzen und Tieren, wobei er zu Letzteren auch die Menschen zählt. Diese teilt er nun noch einmal in zwei große Gruppen: auf der einen Seite jene, die vom Intellekt beherrscht werden, auf der anderen jene, die sich vom Instinkt leiten lassen.»

«Irre ich mich, oder sind die Instinktmenschen cooler drauf als die Intellektuellen?», wirft Jessika ein.

Der Professor übergeht die Frage und fährt fort.

«Kommen wir nun zu Bergsons Zeitbegriff. Auch hier unterscheidet er zwischen der ‹Zeit der Materie› und der ‹Zeit des Lebens›. Erstere ist für alle Menschen gleich, während Letztere von jedem Einzelnen verschieden empfunden wird. Entscheidend ist, was man in einem bestimmten Augenblick tut. Diese letzte Art der Zeit nennt Bergson Dauer. Um es nun ganz klarzumachen: Diese Dauer lässt sich nicht mit Uhr oder Kalender messen, sondern allein mit der Seele. Noch einfacher gesagt, nicht die Zeit selbst ist entscheidend, sondern die Art und Weise, wie man sie verbringt. Nehmen wir zum Beispiel an, ihr steht mit eurem Mofa vor einer Ampel und wartet, dass es grün wird. Solange ihr nun in das rote Licht starrt, passiert überhaupt nichts. Werft ihr aber einen Blick auf die Schlagzeilen des *Corriere dello Sport*, den ihr gerade gekauft habt, werdet ihr feststellen, dass die Ampel sogleich auf Grün umspringt. Kurzum, es ist ein Riesenunterschied, ob man eine Stunde beim Zahnarzt verbringt oder eine Stunde mit seiner großen Liebe zusammen ist. Nicht zufällig sagt man in diesem Fall ja auch, die Zeit sei wie im Fluge vergangen.»

«Dann verändert sich der Lauf der Zeit also auch je nachdem, mit welchem Typ ich zusammen bin?», fragt Jessika nach.

«Natürlich tut er das.»

«Dann könnte ich zum Beispiel», fährt das Mädchen fort, «zuerst mit irgendeinem Typ im Park rummachen und danach zu Ihnen kommen und Sie ein bisschen anspitzen. Und je nachdem, bei wem ich eher den Eindruck habe, die Zeit ist wie im Fluge vergangen, kann ich sagen, wer mich mehr antörnt: Sie oder der Typ im Park. Das stimmt doch, oder?»

Bellavista weiß nicht, was er antworten soll. Aber es ist nicht zu leugnen: Jessika hat Bergsons Zeitbegriff sehr gut verstanden. Leider hat er umgekehrt nicht richtig verstanden, was Jessika eigentlich will. Dabei steht ihm die Wahrheit klar und deutlich vor Augen. Jessika hat gemerkt, dass sie ihm gefällt, und macht sich einen Spaß daraus, ihn zu provozieren.

Der Professor ist verwirrt, schickt sich aber an, den Unterricht fortzusetzen, als seine werte Gattin plötzlich ausgehfertig angezogen in der Tür steht.

«Gennaro», sagt sie, «ich geh bei der Apotheke vorbei. Was sollte ich dir noch mal mitbringen? Das war doch, glaube ich, Glucophage gegen die Diabetes und Cardura für deinen Blutdruck.»

«Aber was redest du denn da? Wer hat denn hier Diabetes? Gut, mein Blutzuckerspiegel ist vielleicht ein wenig hoch ... Und außerdem, siehst du nicht, dass wir zu arbeiten haben?!»

Am liebsten hätte er zu ihr gesagt: «Was fällt dir denn ein? Redest hier vor den jungen Leuten über meine

Krankheiten? Wie stehe ich denn jetzt da? Die halten mich doch für einen Greis mit tausend Zipperlein!» Sie aber hätte ihn wohl nicht verstanden. Diskretion war leider ein Fremdwort für sie. Es war also besser, die Sache auf sich beruhen zu lassen und mit dem Unterricht fortzufahren.

«Kommen wir nun zu einem der ausgefallensten Bücher von Bergson. Es trägt den Titel *Das Lachen.*»

«Das Lachen?», fragt Giacomo verwundert nach. «Im Ernst? Dann hat sich Bergson also auch mit Komik beschäftigt?»

«Ich sagte ‹Lachen›, nicht ‹Komik›», stellt der Professor klar. «Bergson fragt sich nämlich, aus welchen Gründen die Menschen eigentlich lachen, und unterwirft all diese Gründe dann seinem kritischen Urteil. Ich darf wohl annehmen, ihr habt alle schon mal gelacht. Aber habt ihr euch jemals dabei gefragt: ‹Warum lache ich jetzt eigentlich?›»

«Giaggià kann da nicht mitreden», wirft Peppino mit einem bösen Grinsen ein. «Der lacht nie. Noch nicht mal, wenn ich ihm schweinische Witze erzähle. Aber Jessika versteht sie alle auf Anhieb. Je schärfer sie sind, desto lauter grölt sie. Aber was soll man machen, das ist eben ihre Welt. Wenn Giaggià hingegen ausnahmsweise mal einen Witz versteht, verkneift er sich das Lachen, aus Angst, einen schlechten Eindruck zu machen. Der will doch immer der Bravste und Beste der Klasse sein. Und er ist überzeugt, wenn ihn die Profs lachen sehen, kriegt er schlechtere Noten.»

«So ein Quatsch», setzt sich Giacomo zur Wehr. «Wer soll denn über deine Witze lachen? Die sind einfach grauenhaft, eine Aneinanderreihung vulgärer Ausdrücke ...»

«Schon gut, Giacomo, aber an dem, was Peppino da sagt, ist schon etwas Wahres dran», schaltet sich der Professor wieder ein. «Hier kommen wir nämlich zu einem grundsätzlichen Problem, mit dem sich schon viele illustre Persönlichkeiten der Vergangenheit herumschlugen. So riet zum Beispiel der große Anaxagoras dem Staatsmann Perikles, auf jeden Fall Alkohol zu meiden. ‹Wenn du Wein trinkst, o Perikles›, sagte er zu ihm, ‹wirst du dich auch mal betrinken, und wenn du betrunken bist, fängst du an zu lachen. Was aber, wenn deine Untertanen dich fröhlich sehen? Sie werden Respekt und Furcht vor dir verlieren – und du deine Macht.› Oder nehmt nur Demokrit: Der arme Mann wurde von seinen Zeitgenossen überhaupt nicht für voll genommen, nur weil er ziemlich häufig lachen musste. Über ihn sagte man: ‹Ach, der ist doch in Abdera geboren, in der Stadt, in der alle Bewohner dauernd lachen. Da kann es mit seinen Erkenntnissen nicht weit her sein.› Kurzum, das Lachen disqualifiziert den Lachenden. Nicht zufällig fanden Komiker wie der Schauspieler Totò und die Schriftsteller Campanile oder Flaiano erst nach ihrem Tod die gebührende Anerkennung. Nebenbei bemerkt, es scheint überhaupt so, als hätten die Kritiker mehr für tote Künstler übrig als für lebende. Doch kehren wir nun zu Bergson zurück. Es gebe zahlreiche Gründe, aus denen man lache, erklärt der Philosoph, an erster Stelle aber ständen folgende: Verkleidungen, Missbildungen, Menschliches, Distanz, Komplizenschaft und Unvorhergesehenes.»

«Entschuldigen Sie bitte, Professore, aber den letzten Grund habe ich nicht richtig verstanden», unterbricht ihn Giacomo, indem er für einen Moment von seinem Heft aufblickt, in dem er sich unablässig Notizen macht. «Sie haben vom Unvorhergesehenen gesprochen ...»

«Ja, ganz richtig», bestätigt Bellavista. «Heutzutage nennen wir es ‹Pleiten, Pech und Pannen›. Das läuft doch mit großem Erfolg im Fernsehen. Die erste Folge schrieb jedoch schon der Philosoph Thales von Milet im siebten Jahrhundert vor Christus, als er bei einem Spaziergang den Sternenhimmel beobachtete und dabei einen bis zum Rand gefüllten Wassergraben übersah und hineinplumpste. Das Unvorhergesehene ist eben das, was einem Pechvogel vollkommen unerwartet zustößt. Wir lachen doch alle, wenn jemand gegen eine Tür rennt, die ganz plötzlich aufgeht. Natürlich hat Bergson keine einzige Folge von ‹Pleiten, Pech und Pannen› gesehen, erkannte aber schon Humor als eine Eigenschaft, der Mitleid mit dem Mitmenschen fremd ist. Was zählen schon die blutende Nase und der Schmerz des Menschen, dem die Tür ins Gesicht geknallt ist, verglichen mit der Verblüffung und Erheiterung, die dies bei den Beobachtern hervorruft.»

«Gestern habe ich gesehen», erzählt Peppino, «wie Signora Cazzaniga auf der Treppe gestolpert ist. Sie war einkaufen und hatte eine Tasche voller Orangen dabei. Die ist ihr aus der Hand gefallen, und die Orangen sind über die Treppe gekullert, ein paar bis ganz ins Erdgeschoss hinunter. Ich hab ihr zwar geholfen, sie wieder einzusammeln, aber innerlich hab ich voll abgelacht. Ach, apropos Lachen, wisst ihr eigentlich, dass Signora Cazzaniga keine Slips, sondern Boxershorts trägt? Das wird wohl damit zu tun haben, dass sie Deutsche ist.»

«Kommen wir nun zur Missbildung und zum Menschlichen als Motive des Lachens», fährt Bellavista ungerührt fort. «Gott allein weiß, warum, aber auch alles, was irgendwie missgebildet ist, fordert zum Lachen heraus. Man lacht über Bucklige, über Zwerge, über Dickwänste, Segelohren oder Riesennasen: ein gefundenes Fressen zum Beispiel für Karikaturisten, die, wenn sie Politiker porträtieren, solche Besonderheiten stets ausnutzen. Das kommt immer an. Wichtig ist aber, dass das Objekt des Lachens auch mit der Missbildung menschlich bleibt. Wie Bergson sagt: ‹Eine Landschaft kann schön oder hässlich sein, wird aber nie zum Lachen herausfordern. Das Gleiche gilt für ein Möbelstück, einen Wagen oder einen Baum. Nur was menschlich ist, kann uns zum Lachen bringen.› Nehmen wir zum Beispiel einen Hund. Solange er sich wie ein Hund verhält, wird niemand über ihn lachen. Beginnt er aber, sein Herrchen auch nur ein wenig nachzumachen, wird er sogleich komisch. Nehmen wir nur mal an, ich würde einen Hund ausschimpfen und der würde dann, ähnlich wie ein kleines Kind, das etwas angestellt hat, betrübt das Gesicht verziehen: Man wird mit Sicherheit über ihn lachen. Es ist also das Menschliche im Hund, das uns zum Lachen bringt, und nicht seine tierischen Eigenschaften.»

«Da haben Sie wirklich vollkommen Recht», pflichtet Jessika ihm bei. «Ich hab auch einen Hund. Winnie heißt er, ein Beagle, ähnlich wie Snoopy, der Hund von Charlie Brown. Sie kennen doch Snoopy, Professore, oder?»

«Nein.»

«Na, macht nichts. Jedenfalls spreche ich mit Winnie, als wenn ein Mensch in ihm stecken würde, und erzähle ihm wirklich alles von mir, sogar meine Todsünden. Und obwohl er nicht sprechen kann, antwortet er mir, einfach nur mit den Augen. Manchmal verzeiht er mir, andere Male auch nicht.»

Bellavista hätte Jessika gerne gefragt, was denn ihre Todsünden seien, aber er kann sich beherrschen und fährt im Unterricht fort.

«Ein weiterer Grund zu lachen ist Bergson zufolge die Distanz. Eben um kein Mitleid zu verspüren, muss sich der Lachende vom Objekt des Lachens distanziert fühlen. Ein Beispiel: Nehmen wir an, ich bin heute Abend irgendwo zum Essen eingeladen und erzähle in der Tischrunde einen Witz über gehörnte Ehemänner. Alle werden lachen, nur der nicht, der sich in diesen Tagen mit Eheproblemen herumschlägt.»

«He, das stimmt haargenau», ruft Peppino aus. «Bei uns in der Klasse haben wir auch einen, Capone heißt er, von dem wissen alle, dass seine Freundin ihn betrügt. Nur er selbst nicht. Und wenn Capone dann ins Klassenzimmer kommt, denkt jeder von uns unweigerlich: ‹Ach, da ist ja Capone, der arme Hund, dem die Freundin fremdgeht›, und danach macht sich jeder in die Hose vor Lachen. Cool, dieser Bergson, der hat wirklich voll Recht: Es ist nichts lustiger, als wenn jemand Hörner aufgesetzt bekommt.»

«Ach, Peppino, du hast mal wieder überhaupt nichts verstanden», bemerkt Bellavista kopfschüttelnd. «Bergson geht es doch nicht um die Hörner, sondern um die

Distanz, die man zu Hörnern haben sollte. Doch kommen wir nun zur Komplizenschaft. Käme in diesem Moment Roberto Benigni ins Zimmer, würden wir sofort loslachen, auch wenn er gar nichts besonders Komisches anstellt. Fragt sich, warum. Nun, ganz einfach: Wir lachen nicht über das, was er tut, sondern über das, was er früher einmal getan hat. Mit anderen Worten, zwischen Benigni und uns ist im Laufe der Jahre eine Art Komplizenschaft entstanden, die uns veranlasst, sofort loszulachen, wenn wir ihn sehen. Ich war einmal abends in Bergamo mit ein paar Freunden in einem Restaurant essen. Am Nebentisch saß ein älterer Herr mit grauen Haaren, der mit auffallend lauter Stimme etwas erzählte, und um ihn herum eine Gruppe von Leuten, die sich vor Lachen kaum halten konnten. Ich wurde neugierig und versuchte zu verstehen, was der Herr zum Besten gab, und stellte zu meiner großen Verblüffung fest, dass er absolut nichts Lustiges erzählte. Natürlich fragte ich mich da: Warum lachen die Leute bloß? Sind die vielleicht nicht mehr ganz bei Trost? Die Antwort lautete: Nein, nein, die sind nicht blöd, die kennen sich nur schon so lange. Die Freunde lachten nicht über das, was ihnen der Herr mit den weißen Haaren jetzt gerade erzählte, sondern über die Witze, die er ihnen früher mal erzählt hatte. Mit anderen Worten: Innerhalb der Gruppe hatte sich eine Komplizenschaft herausgebildet.»

«Wenn ich Sie richtig verstanden habe», meint Giacomo, «muss man, um mit anderen lachen zu können, derselben Gruppe angehören. Das kann ich nur bestätigen. Ich sehe es ja an mir selbst. Wenn ich zum Beispiel Mailänder Komiker sehe, muss ich zwar auch lachen, aber lange nicht so wie bei unseren Komikern aus Neapel. Und keiner bringt mich mehr zum Lachen als Totò.»

«Das hast du ganz richtig verstanden», pflichtet ihm Bellavista bei. «Beim Ausdruck von Emotionen, sei es beim Weinen oder beim Lachen, ist die Zugehörigkeit zu einer Gruppe immer von fundamentaler Bedeutung. So berichtet Bergson von der Totenmesse für ein an Lungenentzündung verstorbenes Kind. Allen Trauergästen standen die Tränen in den Augen, nur ein Mann blieb völlig ungerührt. Schließlich fragte man ihn, warum ihm die Sache nicht nahe gehe, und er antwortete leise: ‹Weil ich nicht dieser Pfarrei angehöre.› Mailänder Komiker werden dich also niemals so zum Lachen bringen wie neapolitanische, und sei es auch nur, weil sie einer anderen ‹Pfarrei› angehören.»

«Bei uns», erklärt Jessika, indem sie plötzlich aufspringt, «heißt das Gang. Gehörst du zu meiner Gang, bist du okay, wenn nicht, verpiss dich. Doch jetzt ist endlich Schluss. Über den ganzen Scheiß reden wir beim nächsten Mal weiter.»

Die Schüler packen ihre Sachen und machen sich auf den Weg. Bellavista hat schon die Tür hinter ihnen geschlossen, als er plötzlich einen Aufschrei von Jessika hört:

«Scheiße, mein Handy!»

Das Mädchen stürmt noch einmal die Treppe hinauf, stürzt ins Zimmer und nimmt sein Handy, das auf dem Tisch liegt, an sich. Bellavista nutzt die Gelegenheit und ergreift Jessikas Arm.

«Ich möchte dir noch das Buch schenken», sagt er, «du

weißt schon, diesen Gedichtband, den ich dir versprochen habe. Warte einen Moment, ich gehe ihn holen.»

«Jetzt nicht, ich hab's eilig», antwortet sie. «Aber ich ruf Sie morgen früh an. Dann machen wir was aus. Wir könnten ja noch mal ein Eis essen gehen auf der Piazza dei Martiri.»

Dann gibt sie ihm noch einen Kuss auf die Wange, ja genau genommen sogar auf den Mundwinkel, und rennt hinaus.

7

Ein Mann ohne sturmfreie Bude

Die Situation eskaliert. Mittlerweile kann Bellavista nicht mehr in die Badewanne steigen, ohne sogleich an Jessika zu denken. Kaum hat er das Licht gelöscht, schon sieht er sie in ihrer ganzen Schönheit vor sich. Versetzen wir uns nur mal in seine Lage: Wie könnte er, nach dem, was geschehen ist, auch nicht an sie denken? Bis gestern Nachmittag hat sie sich noch damit begnügt, ihm mehr oder weniger maliziöse Botschaften zukommen zu lassen. Gestern hat sie ihm einen richtigen Kuss gegeben, einen hörbaren Kuss auf die Wange, ja genau genommen sogar auf den Mundwinkel. Wann kommt so etwas schon mal vor, dass eine Schülerin ihren Lehrer küsst? Ihm jedenfalls ist das in einunddreißig Jahren Schuldienst kein einziges Mal passiert.

«Was mache ich denn jetzt?», überlegt er. «Soll ich vielleicht Cazzaniga ins Vertrauen ziehen? Aber nein, der würde mich ganz sicher nicht verstehen. Schon allein weil er Mailänder ist und dazu noch ein früherer Manager, ein Geschäftsmann, seriös vom Scheitel bis zur Sohle. Der würde sofort auf mein Alter zu sprechen kommen, und auf ihres natürlich, und mir anschließend eine ordentliche Standpauke halten.»

Außerdem hatte Cazzaniga auch etwas von einem

Frömmler. Erwähnt sei nur, dass er tatsächlich jeden Sonntag zur Messe ging. Der würde sofort alles seiner Frau, dieser Deutschen, erzählen, die wiederum schon zwei Minuten später seiner eigenen Frau Maria in allen Einzelheiten Bericht erstatten würde. Das wäre das Ende. Die beiden Damen hatten ja vor einigen Jahren über ihre gemeinsame Bridge-Leidenschaft enge Freundschaft geschlossen: Ganze Tage hockten sie zusammen, spielten Karten und tratschten.

Angebrachter war es daher, sich auf die praktischen Probleme zu konzentrieren. Wie es zum Beispiel einzurichten wäre, mit Jessika zumindest so viel Zeit alleine zu verbringen, dass sich herausfinden ließe, ob sie überhaupt zu einer engeren Beziehung mit ihm bereit wäre. Sein Arbeitszimmer kam dazu nicht in Frage. Hier konnte jederzeit seine Gattin hereinschneien. Bei ihr zu Hause war auch unmöglich, und an einen Ort auf offener Straße war erst recht nicht zu denken: Er war einfach nicht mehr jung genug, um gewisse Dinge im Freien zu erledigen. Andererseits besaß er keine sturmfreie Bude und auch keinen Wagen, um ein wenig mit ihr durch die Gegend zu fahren. Seit über zwanzig Jahren hatte er jetzt schon kein Auto mehr, und nun müsste er die Fahrprüfung wiederholen. Was für ein Aufwand!

Vielleicht könnte er aber einen Freund bitten, ihm für ein paar Stunden ein Zimmer zur Verfügung zu stellen. Einen vertrauenswürdigen Freund … nicht einen von denen, die schon tags drauf alles in der Gegend herumposaunten. Der Einzige, der ihm da einfiel, war Saverio, der Straßenkehrer, der einmal zu seinen anhänglichsten Schülern gehört hatte. Ach, das waren schöne Zeiten, als er der Sokrates des Viertels war und einige treue Jünger, die an seinen Lippen hingen, um sich geschart hatte, nämlich Luigino, Salvatore, Donn'Armando, Doktor Passalacqua und eben Saverio! Je länger er darüber nachdenkt, desto sicherer ist er, dass Saverio für seine Zwecke der Richtige ist. Er wohnt allein auf einem Zwischengeschoss in der Gegend der Kirche Santa Maria in Portico, ist verwitwet und hat auch sonst keine Verwandten. Wenn er Schicht hat, ist man in seiner Wohnung vollkommen ungestört.

Einmal ist er in dieser Wohnung gewesen … vor vielen Jahren, in der Zeit vor Weihnachten, um sich zusammen mit Salvatore Saverios Krippe anzuschauen. Er erinnert sich bloß an ein Schlafzimmer, ein Bad und eine Kochnische; ziemlich beengt alles, aber immerhin groß genug, um sich dort eine Weile ungestört aufzuhalten. Vielleicht würde ja auch rein gar nichts passieren, aber dann könnte er sich die Sache wenigstens ein für alle Mal aus dem Kopf schlagen.

Allmählich wird das Badewasser kalt. Er muss raus.

8

Die ideale Frau

Bellavista verlässt das Haus und kauft sich die Morgenzeitung *Il Mattino*, schlägt sogleich die Seite mit den Vermietungen auf und stößt auf eine Anzeige, die wie gemacht für ihn scheint. ZU VERMIETEN: KLEINES APPARTEMENT, VIERZIG QUADRATMETER, VICOLO BELLEDONNE IN CHIAIA, GUTER PREIS. Gewiss, der Name der Gasse ist Programm, und außerdem ist sie nur ein paar Schritte vom Umberto-Gymnasium entfernt. Aber so günstig das Appartement auch sein mag, eine halbe Million Lire im Monat muss er auf alle Fälle veranschlagen, eine Summe, die er sich als Beamter im Ruhestand mit einer Pension von zweieinhalb Millionen im Monat nicht erlauben kann. Außerdem scheint es ihm auch etwas voreilig, zu einem Zeitpunkt, da die Geschichte noch gar nicht angefangen hat, eine Mietverpflichtung einzugehen. Ein kurzer Anruf jedoch, um sich mal ganz unverbindlich nach dem Preis zu erkundigen, könnte nicht schaden.

«Guten Morgen, Professò», begrüßt ihn Salvatore, indem er auf ihn zutritt, «ich habe gerade was Interessantes gelesen. Alle zu Hausarrest Verurteilten sollen bald elektronische Fußfesseln tragen müssen. Warum ich das interessant finde? Ganz einfach, so eine tolle Erfindung sollte man auch an Privatleute verkaufen. Da hat zum Beispiel jemand leise Zweifel bezüglich des Lebenswandels seiner besseren Hälfte. Was macht er? Er legt ihr die Fußfessel an und kann nun jeden Abend beruhigt ausgehen. Damit das klar ist, ich sage das nicht aus persönlichen Gründen. Meine Frau Rachelina, Sie kennen sie ja, ist nicht unbedingt das, was man eine betörende Schönheit nennt. Und wenn es in Neapel eine Frau gibt, die wirklich über jeden Verdacht erhaben ist, dann sicher meine Frau. Nein, ich spreche für alle Ehemänner, die das Glück oder das Pech haben – kommt auf den Standpunkt an –, mit einer sehr attraktiven Frau zusammen zu sein. Nehmen wir nur zum Beispiel die Signora Santanastasio, hier vom zweiten Stock, die, kaum dass ihr Mann fünf Minuten aus dem Haus ist, pünktlich selbst die Tür hinter sich zuzieht …»

«… na ja, vielleicht keine schlechte Idee», unterbricht ihn Bellavista. «Schlag sie doch den Radikalen vor. Oder besser noch, sprich direkt mit Emma Bonino* darüber. Die wird begeistert sein. Aber apropos Radikale, hast du Saverio gesehen?»

«Ja, der sitzt in der Pförtnerloge und unterhält sich mit Luigino und Doktor Passalacqua.»

Für alle, die nicht so informiert sind, sei erwähnt, dass Saverio bei den letzten Wahlen Laufbursche für die Radikalen war. Pannella, einer der Gründer der Radikalenpartei, ist ihm einfach sympathisch, und so hat er sich letzten Monat mächtig ins Zeug gelegt, um das Referendum voranzubringen.

* Spitzenkandidatin der Radikalen Partei Italiens (A. d. Ü.)

In der Pförtnerloge tritt sogleich Luigino, der Poet, auf Bellavista zu.

«Professò, erlauben Sie, dass ich Ihnen mein neuestes Werk vortrage?» Und schon beginnt er:

«Valeria mia, Valeria, io te vurria abbracciare.
Volano l'aucielle mmiez' o mare
*e volano 'e penziere mieie attuorno a te.»**

«Und wer ist diese Valeria?», will Bellavista wissen.

«Was soll das heißen, wer ist diese Valeria?», antwortet Luigino empört. «Ich muss mich doch sehr über Sie wundern, Professore. Natürlich Valeria Marini, das einzige noch lebende weibliche Wesen von klassischer Schönheit. Nicht so ein Besenstiel, wie man sie heutzutage auf den Laufstegen herumstaksen sieht. Also für mich sind das gar keine echten Frauen mehr!»

«Das würde ich nicht so einfach sagen. So ein Urteil hängt schließlich ganz vom Frauenideal ab, das jemand im Kopf hat», stellt der Professor klar. «Aber da kommt ja auch Doktor Cazzaniga: Mal hören, wie er darüber denkt.»

In der Tat ist Cazzaniga gerade eingetreten. Er grüßt in die Runde und erkundigt sich:

«Worüber unterhaltet ihr euch?»

«Über die Schönheit der Frauen, Dottò», antwortet Salvatore. «Wie muss eine Frau Ihrer Meinung nach beschaffen sein? Groß oder klein? Dick oder dünn? Mit schweren Möpsen oder eher flach?»

* Valeria, meine Valeria, ich möchte dich umarmen. / Die Vögel kreisen über dem Meer / und meine Gedanken kreisen um dich.

«Aber meine lieben Freunde», wehrt Cazzaniga ab, «auf diesem Gebiet bin ich nun wirklich kein Experte. Und außerdem, wie heißt es doch in dem Lied? ‹Dafür habe ich nicht mehr das richtige Alter.› Aber hier haben wir ja einen Schöngeist wie Luigino und vor allem einen Platonexperten wie Professor Bellavista. Er wird uns alles über die ideale Schönheit erzählen können.»

«Dann verraten Sie uns doch bitte, Professò», bettelt Salvatore, «was Platon von Frauen mit schweren Titten hielt.»

«Zunächst einmal ist Platon nie so ins Detail gegangen», antwortet Bellavista. «Er hat nur klargestellt, dass es ein Idealbild von Schönheit gibt, dem eine Frau mehr oder weniger nahe kommen kann. Je nach dem Grad der Ähnlichkeit betrachtet man sie als schön oder eher hässlich. Das ist alles. Leider hat sich im Lauf der Zeit das platonische Modell sehr verändert. Es ist nicht mehr das der griechischen Statuen oder der Renaissancemalerei. Phidias oder Tizian wurden durch Armani und Valentino ersetzt. Wäre die Göttin Juno noch unter uns, hätte sie sich schon lange das Fett absaugen lassen. Heutzutage muss die ideale Frau ja schlank sein wie eine Gerte und mindestens einen Meter achtzig groß. Ob es uns nun gefällt oder nicht, das ist nun mal der Stand der Dinge.»

«Einverstanden, das ist uns ja auch klar. Aber wir möchten doch gerne wissen, wie die ideale Frau aussieht, die unserem Professor Bellavista gefällt.»

«Offen gestanden, kann ich mich da nur schwer festlegen», antwortet Bellavista nach einigem Nachdenken. «Und ich frage mich auch, ob dies ein Problem der Formen ist oder nicht eher des Alters. Alle Frauen sind schön, solange sie jung sind. Dann aber kommt die Entropie ins Spiel, also der zweite Hauptsatz der Thermodynamik, und es geht bergab. Das Sprichwort ‹Aus jedem Schuh wird mal ein Latschen› bedeutet nichts anderes, als dass jede Materie einmal zerfällt und sogar die schönsten Frauen hässlich werden.»

«Mir hat jemand erzählt», wirft Cazzaniga ein, «in Japan gebe es eine religiöse Sekte, die an Verjüngung durch Körperkontakt glaubt. Den Anhängern dieser Sekte zufolge wird ein Mann, der mit einer jüngeren Frau ins Bett steigt, mit jedem Beischlaf um einige Jahre jünger. Taoisten heißen diese Leute, wenn ich mich nicht irre.»

«Dann ist also», schlussfolgert Saverio, «ein Mann, der eine Minderjährige verführt, kein Unhold, wie ich immer gedacht habe, sondern ein Taoist.»

«Ja, möglich», bemerkt Bellavista, die Boshaftigkeit in Saverios Äußerung übergehend, «aber bis Japan brauchen wir gar nicht zu gehen, um solche Theorien bestätigt zu finden. Auch in Italien soll es Leute gegeben haben, die Sex zu therapeutischen Zwecken praktizierten. Ich entsinne mich da, einmal von der Entdeckung eines römischen Grabes gelesen zu haben, dessen Inschrift lautete: ‹Hier ruht Lucius Calpurnius, der, dank des Atems seiner jungen Mägde, bei guter Gesundheit einhundertzwei Jahre alt wurde.› Nun ja, und auch ich selbst glaube, dass es in uns allen einen Drang gibt, der uns die Nähe jüngerer Menschen suchen lässt, so als wolle unser Unterbewusstsein in seine Jugendzeit zurückkehren. Es reicht aber auch ein Blick auf die Titelbilder an einem Zeitungskiosk, um sich darüber klar zu werden, was als begehrenswert gilt. Unter den abgebildeten Frauen findet man keine einzige Fünfzigjährige.»

«Ach, wie schön Sie erzählen, Professore!», ruft Salvatore aus. «Stundenlang könnte ich Ihnen zuhören, auch wenn ich, wie ich zugeben muss, nicht immer alles verstehe, was Sie sagen, und auch nicht mit allem einverstanden bin. Meine Frau Rachelina, nur um ein Beispiel zu nennen, war noch nie eine Schönheit. Aber bei ihr kam es dann so, dass sie mit den Jahren eigentlich immer besser und nicht schlechter aussah. Vielleicht auch nur, weil ich mich daran gewöhnt habe, jedenfalls gefällt sie mir heute besser als damals vor vielen Jahren, als ich sie geheiratet habe.»

Bellavista aber hat gar nicht zugehört. Als er sieht, dass Saverio die Pförtnerloge verlässt, läuft er ihm nach.

«Savé, warte mal, ich muss dich was fragen. Du wohnst doch immer noch in der kleinen Wohnung in der Gegend von Santa Maria in Portico? Na ja, weißt du, bei mir ist es nämlich so, dass ich mich zu Hause nicht mehr so richtig auf meine Arbeit konzentrieren kann. Mal ist es meine Frau, die mich stört, mal das Telefon, mal irgendeine Nervensäge, die zu Besuch kommt. Jedenfalls gibt's immer irgendetwas, das mich von der Arbeit abhält. Und da ich zur Zeit einen kleinen Essay über Pythagoras schreibe, wollte ich dich fragen, ob du mir mal, zum Beispiel nächsten Montag, für ein paar Stunden deine Wohnung zur Verfügung stellen könntest. Sagen wir am frühen Abend, so gegen sechs, wenn du in der Arbeit bist …, kriegst auch was dafür …»

9

Das erste Mal

Und endlich ist der große Tag ihres ersten Treffens gekommen. Diese Verabredung zu Stande zu bringen, war gar nicht so einfach. Im Beisein von Giacomo und Peppino ließ sich natürlich nichts verabreden, und noch viel weniger konnte er bei ihr zu Hause anrufen. Was sollte er sagen, wenn sich ihr Vater melden würde? Aber dann kam Gott sei Dank der Anruf von Jessika selbst. Es war ein Sonntagmorgen, und Bellavista packte die Gelegenheit beim Schopfe.

«Ciao, Jessika», begrüßte er sie und kam sogleich zur Sache: «Hör mal, erinnerst du dich noch an den Dichter, von dem ich dir erzählt habe, als wir zusammen Eis essen waren?»

«Nein.»

«Was heißt, nein? Denk doch mal nach. Du weißt schon, der mit den Flügeln, um gemeinsam zu fliegen.»

«Ach, klar, dieser Typ.»

«Nun, ich dachte schon, ich hätte den Gedichtband verloren. Aber jetzt ist mir eingefallen, wo er ist. Ich habe ihn an einen Freund verliehen. Wenn du also zufällig morgen in der Gegend von Santa Maria in Portico sein solltest, in der Via Martucci gegenüber der Bar Pino, warte ich dort draußen auf dich und leihe ihn dir.»

«Um wie viel Uhr?»

«Wann hättest du denn Zeit?»

«Ich weiß nicht … so um fünf.»

«Einverstanden, um fünf also.»

Bellavista erscheint mindestens eine halbe Stunde zu früh zur Verabredung in der Via Martucci. Neben einem öffentlichen Fernsprecher bezieht er Stellung, von wo aus er sowohl die Bar Pino als auch Saverios Haustür in der Via Campiglione im Auge behalten kann. Die Furcht, von jemandem erkannt zu werden, sitzt ihm im Nacken. Sobald er ein Gesicht erblickt, das ihm bekannt vorkommt, greift er sogleich zum Hörer und gibt vor zu telefonieren. Offensichtlich ist er vollkommen ungeeignet, den Detektiv zu spielen. Endlich kommt sie. Er erkennt sie schon an ihrem Minirock, als sie noch gut hundert Meter entfernt ist. Vor der Bar bleibt sie stehen und blickt sich um. Bellavista eilt zu ihr, bleibt aber nicht bei ihr stehen, sondern geht an ihr vorüber und raunt dabei: «Folge mir.» Dann betritt er mit eingezogenem Kopf Saverios Haus. Sie folgt ihm. Ohne sich zu ihr umzudrehen, nimmt er ein paar Stufen und beginnt dann, am Schloss der ersten Tür links herumzuhantieren. Er öffnet und tritt ein. Sie hinter ihm her. Nun stehen sie alle beide im Dunkeln, und der Professor denkt: «Jetzt oder nie», und schließt die Tür hinter ihnen. Während er noch nach dem Lichtschalter tastet, erst rechts, dann links, hat Jessika ihn schon umarmt. Er schaltet das Licht an und schickt sich gerade an, sie zu küssen, als er einen winzigen silbernen Ring in ihrer Unterlippe bemerkt.

«Was hast du denn da in der Lippe?», ruft er verwundert aus. «Was soll das?»

«Das ist ein Piercing, ein kleiner Glücksring. Giada,

Samantha und Vanessa haben den gleichen. Das ist doch voll cool, oder?»

«Kann schon sein, dass das ‹cool› ist. Aber zu mir in den Unterricht kommst du nicht mit solch einer Schweinerei im Mund.»

«Och, Entschuldigung, das konnte ich ja nicht wissen», erwidert sie bissig. «Dann sind wir also zum Unterricht hier?»

«Nein, das nicht. Aber ich rufe heute noch deinen Vater an.»

«Gut, dann kannst du ihm ja auch gleich sagen, wo wir uns getroffen haben und warum. Pass mal auf, Prof, anscheinend hast du einen Scheiß von mir gecheckt: Ich mach immer, was ich will und was mir gefällt. Wenn das okay für dich ist, alles klar, wenn nicht, auch gut. Hast du eben Pech gehabt.»

Bemerkenswert, wie Jessika in wenigen Sekunden vom Sie zum Du übergegangen ist. Sie hat ihn schon in der Hand, kennt seine Absichten und setzt ihn unter Druck.

«Ich meine es doch nur gut», lenkt Bellavista sehr viel sanfter ein, indem er endlich auch den oberlehrerhaften Ton fallen lässt. «Was glaubst du denn, wie ein Junge reagiert, der dich küssen will und plötzlich einen Ring im Mund hat?»

«Einem jungen Stecher ist das gleich. Einem Dino wie dir anscheinend nicht.»

«Ja, ich glaube, mich würde das stören.»

«Versuch's doch erst mal und dann sag mir, wie es ist.»

Und damit gibt sie ihm einen langen schmatzenden Kuss auf den Mund, Zunge und Ring eingeschlossen.

Bellavista ist vollkommen durcheinander. Zu seiner

Zeit hätten zwei Heranwachsende mindestens ein Jahr gebraucht, um im Bett zu landen, wenn es überhaupt dazu kam. Da war zuerst die Vorstellung, dann die Begegnung im Hause eines Freundes, zum Einüben einiger Tanzschrittchen, dann die Spaziergänge in der Gruppe die Via dei Mille hinauf und hinunter, schließlich die erste Verabredung zu zweit, dann die zweite, dann die dritte, und zum Schluss endlich die so genannte «Erklärung». Der junge Mann war gezwungen, seine Absichten offen zu legen, und das Mädchen, mit einem Ja oder einem unmissverständlichen Nein zu antworten. Dann erst ging man zu Taten über, das heißt zu Küssen und Zärtlichkeiten. Heute hingegen kam man direkt zur Sache.

«Umso besser», denkt Bellavista. «Besser auch, dass sie die Initiative ergreift. Sie hat mit Sicherheit mehr Übung darin.»

An diesem Tag geschieht nichts Unvergessliches mehr, aber es reicht doch, dass Bellavista vollkommen den Kopf verliert. In der Nacht macht er kein Auge zu, und auch am Tag darauf ist sein einziger Gedanke: Jessika. Er stellt sie sich nackt vor, ihren geschmeidigen, festen, fast ein wenig männlichen Körper, mit den vollen, nach oben gerichteten Brüsten. Die Zeit zwischen ihren Nachhilfetagen, Dienstag und Freitag, wird ihm unerträglich lang. Er kann es kaum erwarten, sie zu sehen. Im Unterricht ist er dann überhaupt nicht bei der Sache und hat das Gefühl, alles vergessen zu haben von seinen geliebten Philosophen, fast so, als habe er mit der Scham auch sein Gedächtnis verloren. Sie hingegen verhält sich, als wenn gar nichts Besonderes vorgefallen wäre: Sie siezt ihn in

Gegenwart ihrer Klassenkameraden und duzt ihn, wenn sie allein sind. Einmal gibt sie ihm im Flur, als Peppino und Giacomo bereits eingetreten sind, sogar einen Kuss auf den Mund, ungeachtet der Gefahr, dass einer der beiden sich plötzlich umdrehen oder seine Frau von irgendwoher auftauchen könnte. Kurzum, es ist kaum auszuhalten.

Einige Tage vergehen, dann treffen sie sich erneut in Saverios Wohnung. Der kleine Ring ist verschwunden, und Bellavista wird klar, dass jetzt der Moment gekommen ist. Doch wie anfangen? Die Absteige hat kein Wohnzimmer, noch nicht mal ein Eckchen oder auch nur ein kleines Sofa, wo man Platz nehmen und sich unterhalten könnte. Es gibt das Bett und sonst nichts. Nun kann er aber auch nicht einfach seine Hose ausziehen, so, als sei er schon längst ihr Liebhaber. Nachdem er einige Sekunden über die Sache nachgedacht hat, kommt er, nur um einen Anfang zu finden, auf die Idee, einen erotischen Vers zu zitieren, den er einmal in einem Buch über Pompeji gelesen hat.

*Mea vita, meae deliciae, ludamus parumper: hunc lectum campum, me tibi equom esse putamus.**

Doch Jessika hat absolut keine Lust, eine Lateinstunde über sich ergehen zu lassen, weshalb sie ihn jetzt auch am Ärmel packt und zum Bett zieht, wo sie sich unversehens ihre Jeans auszieht. Damit hat Bellavista nicht

* Du mein Leben, meine Lust, wir wollen uns eine Weile diesem Spiele hingeben: Möge dieses Bett eine Weide sein, und ich der Hengst darauf für dich.

gerechnet, und zumindest in den ersten Minuten hat er einige praktische Probleme. Sei es, weil es das erste Mal mit ihr ist, sei es, weil er aufgeregt ist, sei es, weil ihm die Frische seiner jungen Jahre fehlt, jedenfalls hat er Mühe, in Aktion zu treten. Aber sie, die kleine Jessika, lässt sich von solchen Kleinigkeiten nicht entmutigen.

«Lass mich mal machen», raunt sie ihm ins Ohr, und nun tut und sagt sie genau das Richtige, damit sich der Professor ziemlich achtbar aus der Affäre ziehen kann.

«Danke, mein Schatz», sagt er schließlich, als er zufrieden den Arm um sie legt. «Danke, dass du mir noch einmal das Gefühl gegeben hast, jung zu sein.»

«Ach, red doch keinen Scheiß: Du bist doch überhaupt noch kein Dino. Ja, wenn du es genau wissen willst, für mich bist du ganz einfach ein älterer Junge.»

Das Unglaubliche an der ganzen Sache ist, dass sie die erfahrene Geliebte zu sein scheint und er der Grünschnabel, der zum ersten Mal mit einem Mädchen im Bett ist.

«Ach Jessika, weißt du eigentlich, dass ich vorhin ziemlich aufgeregt war», murmelt der Professor schließlich. «Vor allem dein Alter hat mich doch in Verlegenheit gebracht … Versteh mich recht, mein Schatz …, ach, ich weiß gar nicht, wie ich's erklären soll … Nun ja, während mich bis eben noch das Verlangen nach dir fast um den Verstand gebracht hat, verspüre ich jetzt doch ziemlich heftige Schuldgefühle.»

«Was für Gefühle?»

«Schuldgefühle. Weil ich doch um so vieles älter bin als du. Ich komme mir fast wie ein Ungeheuer vor.»

«Aber wieso denn wie ein Ungeheuer? So hässlich bist

du doch gar nicht», beruhigt ihn Jessika, die offensichtlich mit dem Wort Ungeheuer nur etwas Äußerliches verbindet. «Aber wenn dich diese Schuldgefühle, wie du sagst, so furchtbar quälen, wüsste ich schon, wie du sie abwürgen könntest.»

«Abwürgen?»

«Ja, loswerden.»

«Und wie?»

«Durch ein kleines Geschenk für mich.»

«Ein Geschenk? Was denn für ein Geschenk?»

«Ein Handy.»

«Ein Handy? Aber du hast doch schon eins?»

«Ja klar. Aber von dem kennen alle die Nummer: mein Vater, meine Mutter und alle meine Freunde. Aber ich wünsche mir ein Geheimtelefon, nur für uns beide, für dich und mich, ein Handy, auf dem nur du mich erreichen kannst. Ach übrigens, hast du eigentlich ein Handy?»

«Nein, ich wüsste nicht, wozu ich so etwas bräuchte.»

Fünf Tage vergehen, und sie begegnen sich erneut, wiederum in Saverios Wohnung. Doch es ist nicht zu leugnen, dieses Treffen verläuft bei weitem nicht so aufregend wie das vorhergehende. Vielleicht, weil die Spannung fehlt, vielleicht auch, weil Jessika nicht ganz bei der Sache ist, fest steht jedenfalls, dass sie, als er zu ihr ins Bett schlüpft, reglos wie eine Statue daliegt.

«Woran denkst du?», fragt sie der Professor.

«Ach, an alles Mögliche», antwortet sie.

«Hast du denn keine Lust, mit mir zu schlafen?»

«Doch, doch. Aber bitte beeil dich.»

10

Alle wissen Bescheid

Ein kleiner Tipp für meine Leser: Schreiben Sie niemals Liebesbriefe. Früher oder später wird jemand sie lesen und Sie auslachen. Und wenn Sie einen erhalten, in dem kompromittierende Dinge stehen, zerreißen Sie ihn auf der Stelle, bevor er ihnen schaden kann. So wie unserem Professor Bellavista. Denn er erhielt tatsächlich einen Liebesbrief, eigentlich den ersten seines Lebens, und natürlich von Jessika. Nachdem er eine Woche zwischen den Büchern des Professors gelegen hatte, geriet er zufällig in die Hände von Signora Maria. Was musste die arme Frau da lesen:

> *Mein lieber Schnuffi,*
> *du bist etwas ganz Besonderes. Wenn eine Milchtüte ein Mutterschiff angräbt, sagt man, er hat einen Ödipuskomplex. Aber wie sagt man, wenn eine junge Braut wegen eines Dinos den Kopf verliert? Heute habe ich nur an deinem Buch geschnüffelt und war sofort ganz weg. Ich kann es gar nicht erwarten, dich endlich wieder richtig zu knuddeln.*
>
> *deine Schnuffi*

Zur Rede gestellt, fällt Bellavista aus allen Wolken: Er hat natürlich absolut keine Ahnung, um wen es sich bei diesen Schnuffis handeln könnte. Wahrscheinlich hat einer seiner Nachhilfeschüler den Brief bei ihm verloren. Und er hat ihn achtlos aufgehoben, zwischen seine Bücher gesteckt und später nicht mehr daran gedacht. Vergebliche Liebesmüh: Maria Bellavista ist zu schlau, um sich mit einer solch banalen Erklärung zufrieden zu geben. In diesem Brief ist eindeutig von einem Mädchen (der jungen Braut) die Rede, das sich in einen Dinosaurier (einen alten Mann also) verliebt. Und dann steckt er auch noch auf dem Schreibtisch ihres Mannes zwischen Bergsons *Lachen* und Nietzsches *Geburt der Tragödie*. Das kann kein Zufall sein.

«Aber wie kommst du denn darauf, dass der Brief an mich gerichtet ist?», fragt Bellavista mit Unschuldsmiene.

«Weil es hier weit und breit nur einen Dinosaurier gibt», antwortet seine Frau, während ihr die Zornesröte ins Gesicht steigt.

«Aber was heißt das schon? Es kommt doch immer mal vor, dass eine Schülerin ihrem Lehrer Briefe schreibt. Als ich noch jünger war und am Gymnasium unterrichtete, habe ich haufenweise alle möglichen Briefe bekommen.»

«Eben: als du noch jünger warst! Aber jetzt bist du ein älterer Herr, und es wäre endlich an der Zeit, mit diesem Getue aufzuhören. Darüber hinaus bist du verpflichtet, die Eltern des Mädchens unverzüglich über den Vorfall in Kenntnis zu setzen. Stell dir nur vor, nicht ich hätte den Brief gefunden, sondern ihr Vater. Wie hättest du dann dagestanden?»

«Wie hätte ich denn dagestanden? Ich hätte überhaupt nicht dagestanden!», brüllt der Professor. «Noch gleich heute werde ich der betreffenden Schülerin den Brief zurückgeben und ihr dabei gehörig den Kopf waschen, damit sich das nicht wiederholt. Und jetzt ist Schluss.»

Aber für Signora Bellavista ist mit der Angelegenheit noch keineswegs Schluss. Als Erstes zieht sie Greta Cazzaniga ins Vertrauen, die ihrerseits noch am selben Abend mit ihrem Gatten über die Sache spricht.

«Dein Freund ist ein alter Hurenbock», sagt sie zu ihm, «der stellt den jungen Mädchen nach. Und dir trau ich auch nicht über den Weg. Wo seid ihr beiden eigentlich letzten Sonntag bis nachmittags um drei gewesen?»

«Wieso? Wir waren im Herculaneum», antwortet Cazzaniga mit unschuldigster Miene. «Wir haben die Ausgrabungen besichtigt.»

«Soso. Die Ausgrabungen. Wieso bist du eigentlich noch nie mit mir dahin gefahren?»

Kurz, die Lage ist angespannt.

Nun hat aber Cazzaniga ein ernstes Wörtchen mit Bellavista zu reden.

«Gennaro», sagt er zu ihm, «wegen mir kannst du ja machen, was du willst, vorausgesetzt, du ziehst mich nicht mit hinein. Aber darüber hinaus möchte ich dich auch bitten: Komm endlich wieder zur Vernunft! Du glaubst vielleicht, Neapel sei eine große Stadt, aber da irrst du. Neapel ist ein bunter Haufen kleiner Dörfer. Und wie du weißt, lässt sich in einem Dorf nichts, aber auch gar nichts geheim halten. Früher oder später kommt alles raus.»

«Aber ich versichere dir, mein lieber Renato, es ist wirklich überhaupt nichts passiert. Du weißt doch, wie die jungen Leute heutzutage sind: Die träumen mit offenen

Augen, und dieses dumme Gänschen hat sich einfach diesen Brief an mich ausgedacht. Aber da steckt nichts dahinter. Es sind unsere besseren Hälften, die ein Drama daraus machen. Aber dafür kann ich doch nichts.»

«Gennaro, lass uns doch ehrlich miteinander sein. Ich kann dich ja verstehen. Bei Alfa hatte ich mal eine Sekretärin, die war wirklich eine Wucht. Eines Tages schicke ich sie ins Archiv, um einen Vorgang zu holen, und da bittet sie mich, sie zu begleiten, sie wisse nicht genau, welchen Vorgang ich meine. Nun, ob du es glaubst oder nicht, aber während wir da zusammen im Keller sind, haben wir plötzlich Stromausfall. Ich hab noch kein Streichholz angezündet, da hat sie sich schon auf mich geworfen. ‹Ich will dich, schon immer›, stöhnt sie und versucht mich zu küssen. Aber was soll ich dir sagen, ich behielt trotzdem die Nerven und die Situation unter Kontrolle, obwohl sie wirklich, Gott sei mein Zeuge, verdammt attraktiv war. Damit will ich nicht sagen, dass einem Mann auf jeden Fall kleinere außereheliche Abenteuer versagt bleiben müssen. Das nicht. Voraussetzung ist aber, dass man die Sache von der Familie fern hält. Und das sehr weit. Also eine Affäre mit einer Urlaubsbekanntschaft irgendwo im Ausland, das ginge noch. Andernfalls soll man die Finger davon lassen. Sonst gibt's nichts als Scherereien.»

Tatsächlich erreicht der Skandal auch die Pförtnerstube. Und wie nicht anders zu erwarten durch Saverio. Zunächst erzählt er seinen Freunden, dass Bellavista ihn gebeten hat, ihm seine Wohnung zur Verfügung zu stellen, «um sich besser auf Pythagoras konzentrieren zu können», wobei er auch nicht sagen kann, um wen es sich bei dieser Pythagoras handelt. Er hat nur so einen Verdacht, mehr nicht. Bis er dann eines Tages dahinter kommt, dass sich der Professor in seiner Wohnung mehr als eine halbe Stunde mit einem blutjungen Mädchen aufgehalten hat.

«Meine Herren, ich habe diese Pythagoras gesehen!», verkündet Saverio mit lauter Stimme, als er die Pförtnerloge betritt. «Und ob ihr's glaubt oder nicht, Pythagoras ist keine Frau, sondern so ein ganz junges Ding, wenn ihr mich fragt, noch nicht mal zwanzig Jahre alt. Bellavista hat geglaubt, er könne mir was vormachen. Aber da ist er bei mir an den Falschen geraten. Ich hätte nur mehr lernen müssen, dann wäre ich ein besserer Spürhund als Inspektor Derrick geworden. Nein, ich habe sie alle beide hineingehen sehen. Nacheinander. Und man sah ihnen an, dass sie was zu verbergen hatten. Deshalb bin ich ihnen nach und habe an der Tür gelauscht, und da die Wohnung ja ziemlich klein ist, habe ich sogar Stöhnen gehört. Nach einiger Zeit sind sie wieder rausgekommen, auch wieder nacheinander. Nun bin ich ja nicht neugierig, aber ich wollte doch wissen, was es mit der Sache auf sich hat. Deshalb bin ich hinein, und was sehe ich? Ganz eindeutige Spuren: das Bett aufgeschlagen, ein Kopfkissen auf dem Boden und die Betttücher zerwühlt. Mit anderen Worten, liebe Freunde: Bellavista und Pythagoras haben es miteinander getrieben, und das in meiner Wohnung!»

«O lieber Jesus im Himmel, für mich bricht eine Welt zusammen!», ruft Salvatore entgeistert aus. «Aber das kann doch gar nicht wahr sein. Ein Mann wie Professor

Bellavista, die Weisheit und Klugheit in Person, ein Philosoph und längst Großvater, steigt mit dem erstbesten jungen Ding ins Bett, das ihm über den Weg läuft. Ach übrigens, wer ist eigentlich diese Pythagoras?»

«Ich möchte hier nichts Falsches sagen», antwortet Saverio, indem er ein wenig die Stimme senkt, «aber du hast doch die drei Teenager gesehen, die jeden Dienstag und Freitag zum Professor zum Nachhilfeunterricht kommen? Nun, ich könnte schwören, dass Pythagoras dieses Mädchen ist, diese …»

«Du meinst Jessika?», wirft Salvatore ein. «Aber die kenne ich doch auch ganz gut. Einmal musste sie dringend auf die Toilette, und meine Frau ließ sie herein …»

«Also, ich kann das immer noch nicht glauben», bemerkt Luigino. «Für mich ist Bellavista ein Poet: Ich kann ihn mir einfach nicht vorstellen, wie er sich die Hose aufknöpft. Und wenn das tatsächlich geschehen ist, ist das nur ein weiterer Beweis, dass die Liebe wirklich keine Grenzen kennt, weder in der Zeit noch im Raum. Erlaubt mir, zu diesem Thema einen poetischen Gedanken zu Gehör zu bringen:

«L'ammore vero nun sape fa 'e cunte.
L'ammore vero resta sempe giovane.
Tene sulo nu chiuovo fisso: l'anne
*passano pe' l'ate e no pe' isso.»**

Applaus der Anwesenden.

* Wahre Liebe rechnet nicht nach. / Wahre Liebe bleibt immer jung. / Sie hat bloß eine fixe Idee: Die Jahre vergehen für andere, nur nicht für sie.

11

Giada

Giada konnte man als ein richtiges Problemkind bezeichnen. Sie war fast einundzwanzig und ging immer noch zur Schule. Mit achtzehn war sie mit einem Junkie zusammen, einem gewissen Giangi, kurz auch «Gift» genannt, und kam auf diesem Weg in die Drogenszene. Nach ihrer Festnahme wegen Verstoßes gegen das Betäubungsmittelgesetz zusammen mit ihrem Freund Giangi verbrachte sie ein Jahr in einer Entziehungsanstalt in Nisida, kehrte danach, auf Drängen ihres Vaters, noch einmal in die Schule zurück und wurde hier Jessikas beste Freundin – verständlicherweise zur großen Sorge von deren Eltern.

«Ich schwör's dir, Mama. Sie hat damit aufgehört», hat Jessika zu ihrer Mutter gesagt. «Die zieht sich nicht mal mehr 'ne Lulle rein. Ich will auf der Stelle tot umfallen, wenn ich dir hier Scheiß labere. Stell dir mal vor, am Samstag haben sie uns in der Gabbia Ecstasy angeboten, und sie hat die Typen alle zum Teufel gejagt.»

Jessikas Mutter weiß nicht, dass es sich bei Ecstasy um *die* Modedroge handelt, ist aber aus verschiedenen Gründen höchst misstrauisch: wegen des Umgangs ihrer Tochter, wegen ihrer Sprache und nicht zuletzt wegen all der Meldungen, die sie täglich so in der Zeitung liest. Von Zweifeln gequält, wendet sie sich eines

Tages an Professor Bellavista und schüttet ihm ihr Herz aus.

«Ach, Professore, wissen Sie eigentlich, in welch entsetzliche Situation meine Tochter Jessika geraten ist? Ihre Klassenkameradin und beste Freundin ist eine Rauschgiftsüchtige. Sogar im Gefängnis gesessen hat dieses Mädchen.»

«Nein, Signora, das ist nicht ganz zutreffend. Nisida ist kein Gefängnis, sondern eine Entziehungsanstalt», tröstet sie Bellavista. «Und außerdem ist Ihre Tochter ein tüchtiges Mädchen. Ein wenig ungebildet, das schon, aber keineswegs dumm. Ich habe ihr gegenüber auch schon einmal das Thema Drogen angesprochen, und was mich an ihrer Reaktion am meisten beeindruckt hat, war ihre Reife: ‹Ich hab zu viele Leute auf Turkey gesehen, um mich verarschen zu lassen›, hat sie zu mir gesagt.»

«Auf Turkey?»

«Auf Turkey heißt auf Entzug», klärt sie der Professor auf. «Meine liebe Signora, Sie sollten die Sprache der jungen Leute erlernen. Da ich ständig in Kontakt mit ihnen bin, habe ich mich selbst mittlerweile zu einem wahren Experten entwickelt. Wie gesagt bedeutet ‹auf Turkey› auf Entzug, ‹zugedröhnt›, wenn man unter der Wirkung von Drogen steht, ‹eine Tüte basteln› heißt eine Haschischzigarette drehen, und ‹kiffen›, sie, meist im Kreis von Freunden, zu rauchen.»

«Und ‹Lulle›?», fragt die Signora.

«Das ist eine Zigarette.»

«Ach, Gott sei Dank.»

Von Jessika weiß Bellavista, dass auch Giada eine Beziehung zu einem älteren Mann unterhält, einem Ötzi, um es in ihrer Sprache zu sagen. Es soll sich um einen reichen Geschäftsinhaber von der Piazza Mercato handeln, glücklich verheiratet und Vater von vier Kindern.

«Und wie erklärst du dir das?», hatte Bellavista sie gefragt. «Was weiß ich, vielleicht hat er sich richtig verliebt», hat sie geantwortet. «Giada ging's anfangs ja nur darum, ihm Monni rauszuleiern. Beim ersten Mal hat sie, glaube ich, einen ganzen Riesen abgezogen …»

«Einen Riesen?»

«Ja, eine Million. Aber was soll ich dir sagen. Dann hat sie sich doch tatsächlich richtig auf ihn eingelassen. Er nennt sie ‹Ninna› und sie ihn Opi. Ich hab mit ihr darüber gesprochen und hab gemerkt, dass sie bis zum Hals in der Scheiße sitzt. Er soll sogar ganz gut aussehen, immer seriös, mit Anzug und Krawatte, und nett soll er auch sein. Ich hab Giada aber schwören müssen, dass ich niemandem von ihm erzähle und auf keinen Fall seinen Namen verrate. Er heißt übrigens Arturo Cacciapuoti und ist Inhaber eines Textilgroßhandels.»

Bellavista gefällt die Vorstellung, nicht der einzige ältere Liebhaber einer Schülerin der III c des Umberto-Gymnasiums zu sein. Sorge bereitet ihm schon eher der Gedanke, dass Jessika ihrer Freundin zu viel erzählen könnte. Diskretion, das hat er gerade wieder festgestellt, ist nicht unbedingt ihre Stärke.

«Ich bitte dich, Jessika, erzähle niemandem, was zwischen uns beiden geschehen ist. Kein Wort zu Giada, kein Wort zu Giacomo und vor allem kein Wort zu Peppino.

Allein schon bei dem Gedanken, dass deine Mutter hinter die Sache kommen könnte, wird mir ganz schlecht.»

«Ach, meine Mutter hat nur Angst wegen Drogen und Drogenabhängigen. Und soll ich dir mal was sagen? Wenn sie wüsste, dass wir beide zusammen in der Kiste waren, würde sie sich sogar freuen.»

«Sag so was noch nicht mal im Spaß. Du hast ja keine Ahnung, was für schlimme Schuldgefühle mich plagen.»

Und eines Tages lernt Bellavista Giada dann kennen. Sie kommt bei ihm vorbei, um Jessika nach dem Unterricht abzuholen, doch die Freundin ist schon fort.

«Ruf sie doch auf ihrem Handy an», schlägt Bellavista vor. «Du kannst mein Telefon benutzen.»

Giada betritt sein Arbeitszimmer und versucht, Jessika anzurufen. Ohne Erfolg. Ihr Handy ist ausgeschaltet.

«Kacke», macht Giada ihrem Ärger Luft, «diese Scheißdinger funktionieren doch auch nie, wenn man sie mal braucht. Irgendwas ist immer. Mal ist besetzt, mal ausgeschaltet, mal gibt's kein Netz oder die Leitung bricht zusammen!»

Wenn man sie so ansah, machte Giada eigentlich einen ganz normalen Eindruck. Aber was hieß schon normal? Sagen wir lieber, so normal, wie ein Mädchen heutzutage eben sein kann: Auch sie ließ ihren Bauchnabel sehen und trug über den Knien aufgerissene Jeans, aber Gott sei Dank kein Piercing. Das mit dem freien Bauchnabel war übrigens für Bellavista ein unerklärliches Phänomen. Ältere Leute waren schockiert, jüngere bemerkten es gar nicht. «Und außerdem frage ich mich», sagte der Professor gerne zu diesem Thema, «warum ihnen nicht kalt wird. Wir haben tiefsten Winter, und diese Mädchen spazieren halb nackt durch die Gegend.»

Während Giada Jessika zu erreichen versucht, stellt Bellavista die üblichen Fragen.

«Und, wie läuft's so in der Schule?»

«Gut. Bei mir jedenfalls. Nur bei der Schule selbst läuft's eher schlecht.»

«Wieso? Was ist denn mit der Schule?»

«Ach, ich hab gelesen, jeder Schüler kostet den Staat fünfzehn Millionen im Jahr. Da frag ich mich doch: Warum schenkt mir die Schule nicht gleich das Abi? Die würden einen Haufen Kohle sparen, und mein Alter wär happy.»

«Sprichst du von deinem Vater?»

«Ja, klar. Der ist ja auch alt. Wenn auch nicht so alt wie du. Immerhin sind seine Haare noch schwarz.»

Das war Giada: Sie duzte gleich jeden und trug ihr Herz auf der Zunge.

Vielleicht, um sich ein wenig dafür zu rächen, dass sie ihn alt genannt hatte, beschloss Bellavista, das Gespräch auf das Thema Drogen zu bringen.

«Ich habe gehört, du hattest mal Probleme mit Drogen. Ich hoffe, das ist vorbei. Deinen Freund, diesen Drogenhändler, wirst du wohl nicht mehr sehen. Oder doch?»

«Nein, nein, den hab ich längst gecancelt. Aber über Stoff kann man mit euch Alten ja nicht reden. Ihr habt es nie probiert und reißt die Klappe auf. Über alles quasselt ihr, dabei wart ihr noch nicht mal auf 'ner Raveparty.»

«Entschuldige, dass ich dir widerspreche. Aber meiner Ansicht nach muss man keineswegs solch eine Party besucht haben, um zu erkennen, dass Drogen den Verstand ruinieren.»

«Ach, sülz doch nicht rum. Ohne Stoff läuft gar nichts. Stell dir vor, da ist eine Frau wie ich, die hat eine Megawut im Bauch und ist furchtbar schlecht drauf, ja, eigentlich ist sie voll am Ende und will nur noch sterben. Da labert sie so ein Hurensohn, der sie abschleppen will, an und schiebt ihr ein paar Pillen rüber. Und was macht sie? Natürlich wirft sie sie ein, und das ohne viel Gehirnwichserei. Denn ‹Was soll's?›, denkt sie, beschissener kann's ja nicht mehr werden.»

«Soll ich dir mal was sagen», unterbricht sie der Professor, in der festen Absicht, mit seiner Meinung nicht hinter dem Berg zu halten, «eigentlich finde ich diese Drogen ganz nützlich, Ecstasy und all dieses Zeug, das ihr Jugendlichen heute nehmt!»

«Im Ernst?», fragt Giada misstrauisch nach.

«Ja, und ich kann dir auch sagen, warum. Weißt du eigentlich, wie viele Menschen auf der Erde leben? Sechs Milliarden. Ende des neunzehnten Jahrhunderts waren es nur zwei Milliarden. Mit anderen Worten, die Erdbevölkerung hat sich in nur hundert Jahren glatt verdreifacht. Und wenn wir so weitermachen, werden es in hundert Jahren zwanzig Milliarden sein. Nun ist aber die Natur nicht in der Lage, all diese Menschen zu ernähren. Und was tut sie da? Sie überlegt hin und her und erfindet schließlich Ecstasy. Mit diesem Zeug, sagt sie sich, sterben wenigstens die Allerdümmsten schon mal weg. Was ich dir da erzähle, ist, wohlgemerkt, nicht auf meinem Mist gewachsen, sondern auf dem von Charles Darwin. Er nennt es das Gesetz der natürlichen Auslese. Das heißt, wer dumm ist, nimmt Drogen und stirbt in jungen Jahren, wer schlau ist, lässt die Finger davon, stirbt erst später und hat Zeit, sich fortzupflanzen. Nun will ich dir ja nicht zu nahe treten, aber ich finde schon, die Dummen, so wie du, sollten ruhig zuerst sterben und später erst die Intelligenten, wie zum Beispiel Giacomo.»

«Jessika hat mir ja schon gesagt, dass du ein Wichser bist. Ich hab's ihr erst nicht glauben wollen, aber jetzt merk ich, sie hat voll ins Schwarze getroffen.»

12

Bentham

Giacomo trifft heute eine Viertelstunde zu früh bei Bellavista ein. Er hat eine Eins in Philosophie bekommen und giert danach, es dem Professor mitzuteilen. Aber unter vier Augen. Denn er hat Angst, die anderen könnten ihn aufziehen. Peppino zum Beispiel wirft ihm immer vor, ein Streber zu sein, und Jessika kann es nicht lassen, ihm unter die Nase zu reiben, er sei ja nur deswegen immer noch Jungfrau, weil er die ganze Zeit nur lerne. «Das geht dich überhaupt nichts an», mochte er ihr dann entgegenhalten. Aber gegen gewisse Unterstellungen war nun mal kein Kraut gewachsen. Tatsächlich hatte sein Lerneifer wenig mit seinen Problemen mit Mädchen zu tun. Das war schon eher seine verdammte Schüchternheit, über die man sich hätte lustig machen können. Ein hübsches Mädchen brauchte nur das Wort an ihn zu richten, und er wurde rot wie eine Tomate.

«Und was bist du gefragt worden», will Bellavista wissen.

«Alles über Schopenhauer, und als ich erzählte, für Schopenhauer sei Hegels Philosophie eine eklige, ungenießbare Suppe gewesen, hat mein Lehrer sogar gelacht. Ich habe die Stelle zitiert, wo Schopenhauer Hegel einen vulgären Scharlatan nennt. Sie müssen wissen, mein

Lehrer hasst keinen Philosophen auf der Welt mehr als Hegel und schätzt deshalb jeden, der etwas gegen ihn hat. Sobald ich eine Gelegenheit sehe, ihm eine Spitze gegen Hegel unterzujubeln, nutze ich sie.»

«Du bist wirklich ein schlaues Kerlchen. Weißt du eigentlich schon, wofür du dich nächstes Jahr an der Uni einschreiben willst?»

«Nein, das ist ja mein großes Problem», erklärt Giacomo. «Einerseits würde ich gerne mit der Philosophie weitermachen, andererseits fühle ich mich von der Mathematik angezogen. Zu schade, dass es keine Fakultät für beide, Mathematik und Philosophie, gibt.»

«Da hast du wirklich Recht», stimmt ihm Bellavista zu. «Ich war auch stets der Meinung, dass Philosophie weniger mit den Geisteswissenschaften als mit Mathematik zu tun hat. Wer Mathematik studiert, braucht eine philosophische Grundeinstellung. Nimm nur die Null und das Unendliche – das sind doch nicht nur mathematische Größen, sondern ganze philosophische Konzepte.»

«Schon. Aber mein Vater will weder von Philosophie noch von Mathematik etwas hören. Er sähe es am liebsten, ich würde mich für Maschinenbau oder Medizin einschreiben. Erst vorgestern hat er noch zu mir gesagt: ‹Giaggià, strebst du eine Zukunft als Hungerleider an, dann werde halt Lehrer.›»

«Ach ja, wem sagst du das?», seufzt Bellavista. «Aber jetzt verrat mir eins: Was glaubst du, werden Peppino und Jessika mit ihrem Abitur anfangen? Werden sie zur Universität gehen? Und wenn ja, wo werden sie sich einschreiben?»

«Nein, nein, die werden sicher nicht studieren. Die haben ganz andere Sachen im Kopf», antwortet Giacomo. «Peppino will Profifußballer werden oder zumindest Trainer und Jessika Schauspielerin oder Assistentin in der ‹Wochenshow›. Aber im Moment streiten die beiden sowieso nur.»

«Ja, ja, das stimmt. Seit einiger Zeit bemerke ich schon, dass sich die zwei fortwährend zanken. Ist da vielleicht etwas zwischen ihnen vorgefallen, von dem ich nichts weiß?»

Giacomo antwortet nicht. Man sieht ihm aber an, dass er besser informiert ist, jedoch nicht mit der Sprache herausrücken will. Er hat wohl Angst, als Verräter zu gelten. Doch Bellavista lässt nicht locker, und so ringt sich Giacomo schließlich dazu durch, sein Schweigen zu brechen.

«Sie haben Recht, Professore, da ist tatsächlich etwas vorgefallen. Letzten September, auf der Klassenfahrt ... Wir waren in Paestum, und während wir mit der Biagini den Neptuntempel besichtigt haben, hat Peppino Jessika dazu überredet, sich mit ihm davonzuschleichen. Er hat sie in so eine Höhle in der Stadtmauer gelockt und ist ihr da sofort an die Wäsche gegangen. Aber sie hat ihn brutal abblitzen lassen und nur zu ihm gemeint: ‹Du stinkst noch nach Milch und willst schon alle Frauen flach legen›, oder so was in der Art. Jedenfalls hasst Peppino sie seitdem. Ah, da sind sie ja!»

Und in der Tat hat es gerade geläutet. Signora Bellavista öffnet und lässt sie herein: Peppino ist stinksauer.

«Zur Hölle mit dir, Giaggià, warum sagst du uns nicht

Bescheid, wenn du allein hierher kommst? Wir haben wie zwei Idioten mindestens eine Viertelstunde lang vor der U-Bahn-Station gewartet!»

«Schon gut, reg dich nicht auf», nimmt Bellavista ihm den Wind aus den Segeln, «wir wollen keine Zeit mehr verlieren. Setzt euch, wir fangen sofort an.»

Die Schüler nehmen Platz. Peppino ist wie immer in seinem Jogginganzug erschienen, während Jessika heute todschick gekleidet ist, wie eine feine Dame, sogar mit hohen Absätzen. Man erkennt sie kaum wieder. Wenn man sie so sieht, könnte man sie auf fünfundzwanzig schätzen.

Bellavista ist neugierig geworden und würde sie gerne nach dem Grund ihrer eleganten Aufmachung fragen, hält sich aber zurück und beginnt mit dem Unterricht.

«Heute sprechen wir über die Utilitaristen.»

«Warum heißen die denn so?», fragt Giacomo.

«Weil sie in allem Nützlichkeit, lateinisch *utilis* = nützlich, anstrebten, oder genauer, das, was sie im Leben für nützlich hielten. Der erste Utilitarist war der Engländer Jeremy Bentham, um es gleich vorwegzunehmen, ein ziemlich introvertierter Mensch. Es machte ihm keinen Spaß, sich mit Leuten zu unterhalten, noch nicht einmal mit Kollegen. Dafür hat er aber sehr viel geschrieben, wobei ihm allerdings ziemlich egal war, ob ihn jemand las. So hat er auch nie etwas auf eigene Initiative hin publiziert, sondern es waren andere, Freunde zumeist, die seine Manuskripte, fast heimlich, an die Verleger weitergaben.»

«Schon verstanden, auch heute haben wir's wieder mit so einem Depressi zu tun», fasst Peppino zusammen, um dann sogleich zu seinem Lieblingsthema überzuleiten. «Jede Wette, in Sachen Bräute sah's bei diesem Bentham bestimmt auch ziemlich mau aus.»

«Wahrscheinlich ja», räumt Bellavista ein, «wobei er das wohl nicht als Problem ansah. Das Gute war für ihn nicht die sinnliche, sondern die spirituelle Lust. Das Böse hingegen sah er im Schmerz, sowohl seelischer als auch körperlicher Art, und aus diesem Grund schätzte er jede Situation danach ein, wie viel Schmerz mit ihr verbunden war.»

«Wunderbar, dieser Bentham!», meint Peppino ironisch, «das hätte ich ihm auch erzählen können.»

«Ach, halt doch endlich mal die Klappe, Peppi!», fährt ihn Giacomo an. «Du quasselst nur blödes Zeug. Wie soll man da etwas lernen?»

«Und aus diesem Ansatz», fährt Bellavista ungerührt fort, «entwickelt er das Prinzip des ‹größtmöglichen Glücks der größtmöglichen Anzahl von Menschen›. Aber hier liegt leider auch der Hase im Pfeffer: Das kollektive Glück fällt eben nicht immer mit der Summe des Glücks aller Einzelnen zusammen. In manchen Fällen trifft sogar gerade das Gegenteil zu.»

Giacomo ist die Sache noch nicht ganz klar, er fragt nach, und auch Jessika und Peppino scheinen plötzlich interessiert.

«Was meinen Sie mit dem Gegenteil?»

«Damit meine ich, dass das Glück eines Menschen häufig das Unglück eines anderen Menschen zur Folge hat. Zum besseren Verständnis hier ein Beispiel: Nehmen wir mal an, um glücklich zu sein und mir alles, was ich möchte, kaufen zu können, sei ich gezwungen, euch alles Geld abzunehmen, das ihr gerade dabeihabt ...»

«Das würde Ihnen nicht viel bringen, Professò», bemerkt Peppino spöttisch. «Sie müssten schon Glück haben und den richtigen Tag erwischen, um vielleicht auf zwanzigtausend Lire zu kommen.»

«Und dadurch», fährt Bellavista fort, ohne auf die Bemerkung einzugehen, «würde ich eben glücklicher, ihr aber unglücklicher. Oder nehmen wir mal an, mein größtes Ziel auf Erden sei die Macht, und um Direktor des Unternehmens zu werden, in dem ich arbeite, müsste ich den Chef, der mir noch vor der Nase sitzt, irgendwie ausschalten. Auch in diesem Fall würde mein Wunsch gegen den eines anderen Individuums stehen. Kurzum, der einzige Weg, sagen die Utilitaristen, um alle zufrieden zu stellen, besteht darin, über das rechte Maß zu einem kollektiven Glück zu finden, das sich tatsächlich aus dem Glück aller Einzelnen zusammensetzt.»

«Ihr Männer», wirft Jessika ein, «labert immer nur von Geld und Macht. Dabei gibt es auf dieser Welt doch noch andere, wichtigere Dinge, die man, auch wenn man will, gar nicht teilen kann. Zum Beispiel die Liebe. Nehmen wir mal an, ihr drei, Sie, Peppino und Giaggià, würdet euch alle in mich verlieben, und ich ...»

«Ja, spinnst du?», fällt Peppino ihr empört ins Wort, «wir sollen uns in dich verlieben? Du tickst wohl nicht mehr ganz richtig. Nur ein Vollidiot würde sich in eine Frau wie dich verlieben. An dir ist zwar so weit alles dran, das will ich gar nicht bestreiten, aber deswegen würde noch lange keiner wegen dir den Kopf verlieren. Soll ich dir mal was sagen? Du bist ziemlich eingebildet: Du glaubst, du wärst die einzige Frau mit Arsch und Titten.»

«Ach ja? Zufällig kenne ich jemanden, der zur Zeit gerade wegen mir voll am Rad dreht», gibt das Mädchen, ohne Bellavista anzuschauen, zurück.

«Ja, wer denn? Das kann doch nur ein Wahnsinniger sein, der gerade aus dem Irrenhaus entlaufen ist!»

«Schluss jetzt!», befiehlt der Professor, dem der Gesprächsverlauf nicht ganz geheuer ist. «Hören wir lieber mal, ob Jessika erraten hat, in welche Sackgasse Bentham gelaufen ist.»

«Na ja, ich wollte sagen», setzt Jessika wieder an, «wenn ihr alle drei euch in mich verknallt, werden zumindest zwei von euch in die Röhre gucken, weil ich schließlich nicht alle zufrieden stellen kann.»

«Wer sagt das?!», protestiert Peppino. «Wir könnten ja Gruppensex machen. Wir legen drei Matratzen auf den Fußboden, dann sehen wir mal, wie sich die Sache entwickelt.»

«Ruhe, Kinder, Ruhe!», versucht Bellavista, die jungen Leute zu bremsen. «Jessika hat eine grundlegende Sache verstanden: Das Glück eines Menschen reicht immer nur bis zum Glück eines anderen. Deshalb müssen wir uns fragen: Was ist das wahre Ziel, das wir im Leben anstreben sollten? Das individuelle Glück ist eine Sache, das kollektive Glück aber eine ganz andere. Thomas Hobbes glaubte, *homo homini lupus*, der Mensch sei dem Menschen ein Wolf, und war darum nur an seinen eigenen Belangen interessiert. Nietzsche seinerseits stritt für das Glück ‹weniger› auf Kosten ‹vieler›, und die alten Römer waren überzeugt, mit dem *summum bonum* könne nur das Wohlergehen aller gemeint sein.»

«Alles schön und gut», wirft Jessika wieder ein, «aber während man bei Geld, Steuern oder Renten immer auf das rechte Maß zurückgreifen kann, führt in der Liebe kein Weg daran vorbei: Entweder liebt man oder nicht. Um noch mal zu dem Beispiel von vorhin zurückzukommen, ich könnte also nur einen von euch lieben ...»

«... rein interessehalber, für wen würdest du dich entscheiden?», fragt Giacomo nach.

«Natürlich für den Professor», antwortet das Mädchen kichernd.

Was Peppinos sofortige Reaktion heraufbeschwört: «O Scheiße, die Bräute sind doch alle Huren. Und die da ist am schlimmsten. Die schreckt auch vor gar nichts zurück, um sich beim Professor einzuschleimen.»

«Jetzt reicht's aber wirklich», geht Bellavista dazwischen, dem die öffentliche Erklärung Jessikas furchtbar unangenehm ist. «Fahren wir lieber mit den Utilitaristen fort. An die Lösung des Konflikts zwischen individuellem und kollektivem Glück machten sich nun Benthams Schüler, und hier insbesondere die beiden Mills: James Mill und sein Sohn John Stuart Mill. Bevor wir uns das Denken dieser beiden Herren genauer betrachten, wollen wir aber zunächst einmal herausfinden, was eigentlich Glück ist. Für Epikur war es nicht der Genuss als Selbstzweck, sondern die Abwesenheit von Schmerz, und seine Kritiker, die ihn für einen sittenlosen Draufgänger hielten, haben ihn einfach nicht richtig verstanden. Der wahre Utilitarist strebt nicht nach dem unbedingten Genuss, sondern nach dem so genannten Nicht-Schmerz.»

«Und was ist mit den Masochisten?», gibt Giacomo zu bedenken.

«Was sind denn das wieder für welche?», fragt Peppino.

«Ach, du weißt aber auch gar nichts. Das sind Leute, die lieber leiden als genießen.»

«Und solche Spinner gibt's tatsächlich?», fragt Peppino noch mal nach.

«Aber selbstverständlich», antwortet Bellavista, «und sie sind sogar in der Mehrheit. Christen zum Beispiel, die glauben, ‹wir sind zum Leiden geboren›, und erst im Jenseits beginne das wahre Leben, sind im Grunde Masochisten. Während Epikur für den sofortigen Genuss plädiert, verschieben die Christen das Glück auf ein fernes Morgen im Himmelreich. Und bei den Moslems sieht es noch schlimmer aus: Die fühlen sich fast gezwungen zu leiden und finden keinen Frieden, wenn sie nicht auch andere, insbesondere ‹Ungläubige›, mitleiden lassen können. Als Belohnung steht ihnen aber nach dem Tod ein ewiges Leben in einem herrlichen Paradies in Aussicht, wo sie jede Nacht mit einer anderen Huri des Propheten ins Bett gehen dürfen. Kurzum, die Kultur des Leidens hatte schon immer viele Anhänger und ist mit Sicherheit weiter verbreitet als die Kultur des Genusses. Und das nicht nur in den Religionen, sondern auch in den politischen Lagern. Nehmt nur die Kommunisten: Auch für sie liegt, oder besser lag, das Glück nicht im Augenblick, sondern in einer fernen Zukunft. Nicht zufällig haben sie immer von der ‹Sonne des Morgens› gesprochen.»

«Dann sind wir also eine Ausnahme», folgert Peppino. «Wenn ich zum Beispiel heute Abend mit einer gewissen Barbara, einer voll krassen Braut mit wirklich Megatitten, Pizza essen gehen und mich danach irgendwo mit ihr in die Büsche schlagen könnte, würde ich nicht mehr verlangen vom Leben.»

«Und du tätest gut daran», stimmt ihm Bellavista zu. «Doch fahren wir mit den Utilitaristen fort. In einem gewissen Sinne könnte man sogar Sokrates als einen frühen Utilitaristen bezeichnen. Erinnert sei hier nur an seinen Disput mit Protagoras, in dem er die Ethik der Sophisten als gar zu theoretisch abtut. ‹Ohne Zweifel ist sie von hohem Wert›, sagt er, ‹doch wichtiger noch wäre ihre Anwendbarkeit auf das tägliche Leben.›»

«Typisch», ruft Giacomo aus, «das ist eben Sokrates. Egal, was er sagt, er steht immer mit beiden Beinen im Leben.»

«Ganz genau», pflichtet ihm Bellavista bei. «Niemand war utilitaristischer als er. Kommen wir aber noch mal auf die beiden Mills zu sprechen. Sie stellten sich dem Problem des allgemeinen Glücks und fanden zu folgender Lösung: ‹Ein relatives durchschnittliches Glück ist für alle möglich, wenn jene bekämpft werden, deren Wünsche maßlos sind.› Mit anderen Worten, sie betonten die Bedeutung von allgemein gültigen Regeln, die allen Missbräuchen vorbeugen.»

«Professore», meldet sich Peppino wieder zu Wort, «mir fällt dazu auch ein Beispiel ein: Nehmen wir an, für mein individuelles Glück sei es notwendig, dass ich mich jetzt abseile, weil ich mit Freunden zum Fußball verabredet bin. Wem würde es schaden, wenn ich eine Viertelstunde eher gehe?»

«Mir, weil mir an dir liegt», antwortet Bellavista, «und ich einfach nicht mit ansehen will, dass du ein Dummkopf bleibst.»

13

Der blaue Engel

«Man sollte es nicht für möglich halten, aber ich habe Gennaro tatsächlich beim Bridge kennen gelernt. Ich war noch ein junges Mädchen, als mir eines Tages ein gewisser Professor Bellavista vorgestellt wurde. Das sei ein großer Meister, sagte man mir, und da ich Bridgespielen lernen wollte, schloss ich mich mit zwei Freundinnen diesem Kreis an, in dem er spielte. Für mich war er damals schon ein alter Mann, oder zumindest schien er mir so. Genauer gesagt, war er dreiunddreißig und ich zweiundzwanzig. Doch trotz des Altersunterschieds machte er mir sogleich den Hof, und mit einer Partie heute, einer Partie morgen, du weißt ja, wie es so geht, kamen wir uns tatsächlich näher und haben schließlich nach nur sechs Monaten geheiratet.»

Die Frau, die hier erzählt, ist Maria Bellavista. Wir befinden uns in der Wohnung der Cazzanigas, und man feiert den Sieg der beiden Damen bei einem Frauenbridgeturnier. Um den Tisch herum haben sich sechs Personen versammelt: das Ehepaar Bellavista, das Ehepaar Cazzaniga sowie deren Tochter Simona mit ihrem Gatten, dem Zahnarzt.

«Und nun frage ich dich», fährt Maria an ihre Freundin gewandt fort, «wie kann ein Mann, der einmal Bridgemeister war, so weit verblöden, dass er von einem Tag auf den anderen noch nicht mal mehr die Spielkarten halten kann. Stell dir vor, letzte Woche, als du mit Grippe im Bett lagst und ich beim Montagsturnier mitspielen musste, da kam mir doch die verfluchte Idee, Gennaro mitzunehmen. Glaub mir, ich hab noch nie so schlecht ausgesehen wie an jenem Tag. Wie das, fragst du? Nun, ich habe ordentliche zwölf Punkte in der Hand und eröffne mit Treff, Gennaro antwortet mit Pikzwei, indem er eine Runde forciert. Nun, da ich mit dem Minimum eröffnet habe, schließe ich mit Pikvier. Der Gegner greift mit Herzkönig an, und Gennaro kann ohne die geringste Mühe alle dreizehn Stiche machen. Und weißt du, was er auf der Hand hatte? Von Pik das Ass, dazu König, Dame, Neun, Acht und Zwei; dann Ass, Vier und Drei von Herz, Karoass und Karozwei und schließlich Treffkönig und Treffdame. Und als ich ihn frage, warum er mit solch einem Blatt nicht Schlemm geboten hat, weißt du, was er mir da geantwortet hat? Du wirst es nicht glauben, er hat doch tatsächlich gesagt: ‹Ehrlich gesagt, mein Schatz, habe ich dich nicht gehört, als du mit Treff eröffnet hast. Ich dachte, du hättest gepasst.› Und nun sag mir, wie ist diesem Mann noch zu helfen?»

«Das kann ich dir auch nicht sagen», antwortet Signora Cazzaniga. «Ich weiß nur: Das ist kein Spieler mehr. Der ist ein anderer Mensch geworden. Du musst jetzt sehr viel Geduld mit ihm haben, sehr viel Geduld.»

Das philippinische Dienstmädchen trägt das Risotto auf, und Bellavista nutzt die Gelegenheit, um das Thema zu wechseln.

«Wenn man's genau betrachtet, war Reis bei uns Neapolitanern eigentlich nie sehr beliebt. Es sei denn als Auflauf mit Hackfleisch, Erbsen, einem klein geschnittenen harten Ei, Leber und Mozzarella. Der so genannte *sartù*.»

«Das gibt's auch bei uns in Deutschland», verkündet Signora Cazzaniga.

«Bei uns zu Hause kamen früher auch noch Würstchen rein», fügt Maria Bellavista hinzu. «Eines Tages hat mein Vater aber dagegen rebelliert und zu meiner Mutter gesagt: ‹Mein Schatz, ich glaube, du willst mich umbringen. Und das Heimtückische daran ist, du hast dir eine Methode ausgesucht, für die dich kein Mensch belangen kann.›»

«Was gibt's heute Abend eigentlich im Fernsehen?», fragt Simona unvermittelt.

«Auf Rai Tre läuft ein wunderbarer Film, *Der blaue Engel* von Sternberg», antwortet ihr Gatte.

«O ja, ein schöner Film. Der müsste fast so alt sein wie ich», bemerkt Bellavista. «Mit der berühmten Marlene Dietrich in der Hauptrolle. Wenn ich mich recht entsinne, habe ich in diesem Film zum ersten Mal überhaupt vollkommen nackte Frauenbeine gesehen. Aber man hatte uns gewarnt: Es galt als Todsünde, in den Film zu gehen.»

Und so finden wir sie bald alle sechs vor dem Fernsehgerät versammelt wieder. Auf dem Bildschirm sieht man Professor Immanuel Rath, einen Mann so um die sechzig, Deutschlehrer am städtischen Gymnasium. Rath ist ein feinfühliger Mensch. Wir beobachten ihn, wie er morgens seinen Milchkaffee trinkt und dann aufsteht, um seinem Kanarienvogel ein Stückchen Zucker zu geben. Aber was muss er sehen? Das Vögelchen liegt tot in seinem Käfig. Rath ist erschüttert, doch seine Zugehfrau, um einiges härter gesotten als er, nimmt ihm das Tier aus der Hand und wirft es in den Ofen.

«Ein glänzender Schauspieler», bemerkt Cazzaniga. «Wie heißt der eigentlich?»

«Ich glaube, Jannings oder so ähnlich», antwortet Bellavista, «und je weiter die Handlung fortschreitet, desto besser spielt er. Ganz im Gegensatz zu Marlene Dietrich.»

«Das ist wieder mal typisch», weist ihn Signora Maria zurecht. «Wenn du nicht ab und zu über eine Frau herziehen kannst, bist du nicht glücklich.»

«Sei doch nicht so giftig», setzt sich der Professor zur Wehr, «du bist heute wirklich unerträglich!»

Professor Rath betritt nun das Klassenzimmer und findet seine Schüler in heller Aufregung vor. Ein Photo wird herumgereicht, auf dem eine Tänzerin mit nackten Beinen zu sehen ist. Es ist eine Werbepostkarte für ein Lokal namens «Der blaue Engel». Der korrekte Lehrer ist empört und behält sich geeignete Maßnahmen vor, da erzählt ihm beim Hinausgehen der Klassenprimus im Vertrauen, dass einige Mitschüler jeden Abend heimlich das Internat verlassen, um sich in diesem Lokal die verrufenen Frauen anzusehen. Also beschließt Rath, die Jungen auf frischer Tat zu ertappen. Bei der Verfolgung verirrt er sich zufällig in die Garderobe von Marlene Dietrich. Er ist aufgebracht, doch sie lässt sich nicht aus der Ruhe bringen und erinnert ihn daran, dass er noch nicht mal angeklopft hat, bevor er bei ihr eingetreten ist. Der Professor entschuldigt sich reumütig, stößt ihr dabei jedoch unabsichtlich die Puderdose aus der Hand. Beim Versuch, sie aufzuheben, landet er mit dem Kopf zwischen den Beinen der Künstlerin. Und damit ist er verloren. Aller Wahrscheinlichkeit nach ist er noch nie im Leben Frauenbeinen so nahe gewesen. Verstört tastet er unter dem Tisch herum, bis sie, die schöne Lola, ihn irgendwann frech fragt: «Aber Herr Professor, was tun Sie denn da? Wieso stehen Sie nicht auf? Wenn Sie endlich fertig sind, schreiben Sie mir doch eine Ansichtskarte.» Und jetzt überstürzen sich die Ereignisse. Rath verliert vollkommen den Kopf. Er besäuft sich und landet in Lolas Bett, es gibt einen Skandal, und einige Tage später schon wird er aus dem Schuldienst entlassen. Um nicht zu verhungern, ist er, da er keine andere Arbeit findet, gezwungen, Lolas Reklamekarten an das Publikum im Saal zu verkaufen.

«Der arme Kerl kann einem Leid tun», bemerkt Simona während der Werbepause. «Der Mann ist ja nicht mehr er selbst. Ich kann gar nicht glauben, dass jemand so tief sinken kann. Ich möchte wissen, wie er da wieder rauskommen wird?»

«Na überhaupt nicht», antwortet Maria Bellavista kalt. «Wenn ein Mann wegen solch einem Weib den Kopf verliert, ist sein Schicksal besiegelt.»

Nach der Pause geht die Truppe des Blauen Engels auf Tournee, und Rath tritt im Clownskostüm als Assistent des Zauberers auf. Nach fünf Jahren kehrt die Revue in seine Geburtsstadt zurück. Plakate werden geklebt. Die Erwartungen sind groß. Das Theater ist bis zum letzten Platz besetzt. Anwesend sind der Bürgermeister, die Kollegen vom Gymnasium und alle früheren Schüler des Professors. Unter höhnischem Gelächter des Publikums betritt dieser die Bühne. Und genau während seines Auftritts macht sich ein Schauspieler hinter den Kulissen an Lola heran. Der Professor merkt es und ist wie vom Donner gerührt. Währenddessen hat ihm der Zauberkünstler eine Taube aus dem Zylinder gezaubert, und nachdem er ihm ein Ei auf dem Kopf zerschlagen hat, fordert er ihn auf, Kikeriki zu schreien.Rath weigert sich zunächst, als er dann aber sieht, dass der Jüngling hinter der Bühne seine Lola küsst, stößt er ein markerschütterndes Kikeriki aus und stürzt hinter die Bühne, in dem vergeblichen Versuch, seine untreue Gefährtin zu erwürgen. Am Tag darauf findet man ihn tot in seinem alten Klassenzimmer vor, an sein Pult geklammert wie ein Schiffbrüchiger an eine Planke.

Die Schrift ENDE erscheint, und im Zimmer halten alle den Atem an. Keiner spricht, doch alle denken das Gleiche: Professor Bellavista ist kein anderer als dieser Professor Rath. Auch er erniedrigt sich ja wegen einer sehr viel jüngeren Frau und wird früher oder später ebenfalls Kikeriki schreien.

«Wirklich erschütternd, dieser Film!», bemerkt Simona nach einer Weile. «Aber nicht sehr glaubwürdig. Ein Mann dieses Alters, vor allem aber ein Mann von Kultur, würde sich niemals so weit gehen lassen!»

«Aber warum denn nicht?!», explodiert Maria Bellavista, die jetzt nicht mehr an sich halten kann. «Einem

Playboy wird das vielleicht nicht passieren, aber einem armen Hund wie diesem Professor sehr wohl. Die Sache liegt doch auf der Hand: Der Mann hat auf seine alten Tage die Sexualität entdeckt und schafft es nicht mehr, sich aus ihren Fängen zu befreien.»

«Jawohl, ganz recht», pflichtet ihr Signora Cazzaniga bei, «aber das heißt auch, dass er gar nicht so intelligent ist, wie alle glaubten. Ich bin untröstlich, dass dieser blaue Engel eine Deutsche ist. Ich bitte um Vergebung.»

14

Die Zerstreuung

«Gennaro, ich muss mit dir reden.»
«Ja, bitte, ich bin ganz Ohr.»

«Nicht hier in der Wohnung. Gehen wir lieber in die Bar. Heute bin ich dran.»

«Nein, du irrst, ich bin dran. Du hast gestern bezahlt.»

«Meinetwegen, aber lass uns jetzt gehen.»

Es ist noch sehr früh am Morgen, noch nicht mal halb sieben. Cazzaniga hat kaum geschlafen beim Gedanken daran, was er Bellavista anderntags würde sagen müssen, und nun läuft er ganz verlegen stumm neben ihm her und weiß nicht, wie er anfangen soll. Der Professor seinerseits war auf dieses Gespräch gefasst. Er wusste schon, dass Cazzaniga ihn in aller Herrgottsfrühe aufsuchen würde, um mit ihm über den *Blauen Engel* zu sprechen. Als sie sich am Vorabend verabschiedet hatten, hatte ihn ein kurzer Blick zu seinem Freund hinüber all das erahnen lassen, was dieser ihm am liebsten gesagt hätte, aus verständlichen Gründen in der gegebenen Situation aber nicht hatte sagen können.

Wie immer gehen sie zu ihrer Bar nach Mergellina und nehmen, der Morgenfrische zum Trotz, draußen Platz. Das Lokal ist um diese Uhrzeit noch fast menschenleer:

von Stammkunden keine Spur und noch viel weniger von Touristen. Nur ein Angehöriger der Straßenreinigung steht an der Theke und taucht noch rasch vor Arbeitsbeginn ein Hörnchen in den Cappuccino.

«Einen *macchiato* für den Dottore und einen im Glas für mich», hat Bellavista beim Eintreten bestellt, um dann noch hinzuzufügen: «Meiner mit Süßstoff bitte.»

Der Professor ist in der Bar ein angesehener Gast. So bezahlt er für den Verzehr am Tisch nicht mehr als an der Theke. Ein Privileg, für das vor allem zwei Gründe ausschlaggebend waren: Erstens wohnt er nun bereits seit über dreißig Jahren in diesem Viertel und zweitens sah man in ihm eben einen Mann von Kultur, der einen gewissen Respekt verdient hatte.

Der Kaffee ist getrunken, und Bellavista sitzt ruhig da und wartet auf Cazzanigas Predigt. Doch aus irgendeinem Grund zögert der Freund noch, zum Angriff überzugehen.

«Was ist nun?», ermuntert ihn Bellavista. «Ich denke, du willst mit mir reden.»

«Ja, ich muss. Bitte verzeih, aber ich kann nicht anders, als all das zur Sprache zu bringen, was mir in diesem Moment so schwer im Magen liegt – so schmerzhaft es auch sein mag.»

«Gütiger Himmel, Renato, jetzt machst du mir wirklich Angst», ruft der Professor, sich erschrocken gebend, aus. «Was habe ich denn so Entsetzliches angestellt?»

«Nein, Gennaro, mach dich jetzt nicht über mich lustig. Hör mir lieber ganz aufmerksam zu. Zunächst sollst du wissen, dass die Angelegenheit für mich keine Frage der Moral ist, sondern eine der Würde. Gestern Abend haben wir ja bei mir zu Hause diesen Film, *Der blaue Engel*, gesehen. Nun weiß ich nicht, ob dir richtig klar geworden ist, welch trauriges Ende es mit diesem armen Teufel genommen hat …»

«… doch, doch, aber wie du richtig sagst, es war bloß ein Film …»

«… nein, Gennaro, das war nicht bloß ein Film, das war das Leben, mehr noch, es war *dein* Leben. Alle haben wir das gedacht … alle. Ich zum Beispiel habe zum Schluss gar nicht mehr das Gesicht des Hauptdarstellers gesehen, sondern nur noch deins. Und je tiefer er in die Lächerlichkeit abglitt, desto klarer sah ich dich in dieser Situation. Wie du mit der Tomatennase dastehst und verzweifelt Kikeriki schreist.»

«Mein lieber Renato», antwortet Bellavista ruhig, «ich weiß, du erzählst mir das alles, weil dir was an mir liegt. Aber sieh mal, du und ich, wir haben nun mal ziemlich unterschiedliche Vorstellungen vom Leben …»

«… nein, nein», unterbricht ihn Cazzaniga, «das hat damit nichts zu tun. Wie vorhin schon gesagt, geht es mir nicht um dein moralisches Verhalten, sondern um deine Würde. Ich möchte dir klarmachen, dass in deiner Situation die einzige Gefahr, in der du schwebst, nicht die Hölle ist, sondern die Lächerlichkeit … die Lächerlichkeit, der du dich mehr und mehr preisgibst. Dein Verhältnis zu dem Mädchen ist doch kein Geheimnis mehr, ganz im Gegenteil. Deine Frau weiß davon, meine Frau auch und ebenso meine Tochter, mein Schwiegersohn, Saverio, Salvatore, Doktor Passalacqua, Luigino und jeder, der sich auch nur ein paar Minuten in der Pförtnerloge aufgehalten hat. Und das Schlimmste ist, alle kennen die Geschichte bis ins Detail. Sie wissen, wie oft du dieses Mädchen in Saverios Wohnung mitgenommen hast, sie wissen, wie lange ihr dort geblieben seid, und sie wissen, was ihr die ganze Zeit über dort getrieben habt. Kurz, du musst zumindest vorsichtiger sein.»

«Vorsicht ist bei alten Leuten obszöner als die Lust», bemerkt Bellavista grinsend.

«Ja, ja, mach du nur deine Witzchen», bemerkt Cazzaniga resigniert. «Aber versetz dich doch mal in meine Lage. Stell dir vor, du hättest einen Freund, dem eine fast noch Minderjährige den Kopf verdreht hat. Du würdest doch auch versuchen, ihm zu helfen. Oder zumindest, ihn zur Vernunft zu bringen. Natürlich könnte ich es mir leicht machen und mir sagen, was soll's?, das geht mich alles nichts an. Aber es ist einfach stärker als ich: Ich muss dir helfen!»

Bellavista hat mittlerweile die Augen geschlossen, fast so, als brauche er, wenn er Cazzaniga nicht sieht, ihn auch nicht zu hören.

All das, was der Freund ihm da vorhält, weiß er ja selbst. Er hat sein Problem längst erkannt, schon seit dem Tag, da er Jessika zum ersten Mal sah: Ihr athletischer Körper, die schlanken Beine, der superknappe Minirock, der vorwitzige Bauchnabel haben sich in seinem Kopf festgesetzt, sind stecken geblieben wie Sprengkörper, die noch nicht zur Explosion gekommen sind. Doch obwohl das alles stimmt, was Cazzaniga ihm da sagt, ist er sich mehr denn je sicher, richtig zu handeln. Gleichzeitig ist ihm klar, dass ihn ein Biedermann wie Cazzaniga, ein untadeliger seriöser Mensch, der fünfunddreißig Jahre in einem Unternehmen wie Alfa Romeo brav seinen Job gemacht hatte, nicht würde verstehen können. Aber irgendetwas muss er ihm jetzt sagen, und so hebt er an:

«Mein lieber Renato, nun ist es an mir, dir eine Antwort zu geben, und bitte hör mir genauso ruhig zu wie ich dir eben. Mach dir klar, dass ich Gründe für mein Handeln habe, Gründe allerdings, die wohl nicht ganz leicht zu verstehen sind.»

Dann rückt er mit dem Stuhl näher an den Freund heran und beginnt:

«Nun, zunächst einmal habe ich eine traurige Nachricht für dich. Wie ich gerade von glaubwürdigen, klugen Leuten erfahren habe, müssen wir alle sterben. ‹Gennaro›, haben sie zu mir gesagt, ‹wenn eines auf der Welt ganz sicher ist, dann die Tatsache, dass wir alle einmal gehen müssen … alle … vom ersten bis zum letzten Menschen …, wir wissen nicht wie, und wir wissen nicht wann, aber wir müssen sterben.› Nun weiß ich nicht, wie es dir ergeht, aber ich zumindest denke mindestens dreimal am Tag an den Tod. Schon morgens, wenn ich zur Bar runtergehe, drängt sich mir der Gedanke auf: ‹Wer weiß, wie oft ich diese Bar noch betreten werde?› Und dann stelle ich mir vor, wie Walter, der Barmann, eines Tages zu einem Gast sagen wird: ‹Haben Sie schon gehört? Professor Bellavista ist tot. Jeden Morgen war er hier und hat bei mir seinen Kaffee getrunken …, immer mit Süßstoff …, er hatte Probleme mit dem Blutzucker …› Dann überlege ich, auf welche Weise ich wohl einmal sterben werde. Ich hoffe sehr, es wird ein Infarkt sein, wenn möglich im Schlaf. Nein, ich habe keine Angst vor dem Tod, aber der Gedanke bedrückt mich. Angst habe ich nur vor Schmerzen, so wie alle, denke ich. Solange mein letzter Moment so ist, als würde man das Licht ausschalten, bin ich noch einverstanden. Aber bitte keine Schmerzen. Die sollen mir doch gefälligst erspart bleiben. Sollte es jedoch anders kommen, wäre ich für Sterbehilfe äußerst dankbar. Meiner Ansicht nach sollte ein zivilisiertes Land Euthanasie gesetzlich ermöglichen, zumindest für Menschen ab einem bestimmten Alter. Andererseits weiß ich, dass der Tod selbst nicht wehtut. Ich habe schon viele Menschen sterben sehen, und kein Einziger hat vor Schmerz geschrien. In solch schweren Augenblicken hatte ich immer den Eindruck, der Sterbende sei bloß eingeschlafen. Bei der Geburt sieht es hingegen ganz anders aus: Ein Säugling schreit ohne Unterlass, und man kommt nicht umhin, sich nach dem Grund für diese völlige Verzweiflung zu fragen. Fast könnte man glauben, er erkenne schon all das, was ihm im Leben einmal blühen wird. Nun, ob es uns gefällt oder nicht, so liegen nun mal die Dinge: Ich bin siebzig Jahre alt, und der Statistik nach darf ich mit noch fünf weiteren rechnen. Mit etwas Glück können es auch zehn oder gar fünfzehn werden …»

«Aber was redest du denn da?», unterbricht ihn Cazzaniga. «Die Lebenserwartung ist doch heute viel höher. Saul Bellow ist mit vierundachtzig noch mal Vater geworden. Und außerdem hat man das Gen entdeckt, das uns altern lässt: das P66SHC. Gelingt es, dieses Gen zu eliminieren, können wir alle über hundert Jahre alt werden. Man experimentiert in dieser Sache bereits mit Ratten, anscheinend mit großem Erfolg.»

«Ach, ich weiß nicht», antwortet Bellavista skeptisch, «mal abgesehen von der Tatsache, dass ich mich nicht als Ratte fühle, bin ich mir auch nicht so sicher, ob ich überhaupt über neunzig werden will. Die Aussicht, bloß noch dahinzuvegetieren, schreckt mich mehr als der Tod. Stell dir vor, wie das sein muss, vollkommen von anderen Menschen abhängig zu sein, auch für die banalsten Dinge ... was weiß ich, sich die Fußnägel schneiden zu müssen und nicht zu können, einfach weil man sich nicht mehr bücken kann. Aber abgesehen davon, ob mir nun noch fünf, zehn oder gar fünfzehn Jahre bleiben, macht das bei der Geschwindigkeit, mit der sie vorübergehen, keinen großen Unterschied. Kaum hat man allen ‹Frohe Weihnachten› gesagt, da fängt man schon damit an, ‹Frohe Ostern› zu wünschen. Und über das Jenseits weiß man überhaupt nichts. Die Frage, ob es nun ein ewiges Leben gibt oder nicht, ist noch nie geklärt worden. Nur eines ist gewiss: Uns erwartet ein Loch, ein ziemlich enges sogar, in dem uns tausende von Würmern verspeisen werden ...»

«Jetzt reicht's aber!», protestiert Cazzaniga. «Sprechen wir doch lieber wieder über den *Blauen Engel.*»

«Siehst du, du weigerst dich einfach, auf meine Argumente einzugehen. Du weigerst dich, der Realität ins Auge zu blicken. Aber gut, da du die einzigen Wahrheiten, an die du glaubst, aus Filmen zu beziehen scheinst, erlaube mir, dir einen außergewöhnlich guten ans Herz zu legen: Er trägt den Titel *Die Toten*, ein Film von John Huston nach James Joyce' *Dubliners.*»

«Dem Titel nach kann es kein lustiger Film sein.»

«Da hast du Recht. Ich will versuchen, dir die Geschichte zu erzählen. Im ersten Teil geschieht fast gar nichts. Der Film beginnt mit einem Fest, dem jährlichen Ball der Schwestern Morkan, zu dem sich insgesamt vielleicht zwanzig Damen und ihre Kavaliere eingefunden haben. Die Frauen unterhalten sich über Gott und die Welt, und die Männer denken nur daran, wie sie möglichst unbemerkt an den nächsten Drink kommen. Dann, gegen Ende des Festes, trägt ein Tenor ein Lied vor, und dabei steigen Lady Conroy die Tränen in die Augen. Ihr Gatte sieht es, lässt sich aber nichts anmerken. Wieder zu Hause, fragt er sie: ‹Ich habe gesehen, wie du geweint hast, als der Tenor gesungen hat. Was hat dich denn an seinem Vortrag so bewegt?› Sie überlegt einen Augenblick und antwortet dann: ‹Ich musste an einen Jungen denken, mit dem ich als junges Mädchen befreundet war. Michael Fury hieß er. Er war damals siebzehn und hatte wunderschöne große dunkle Augen. Bei diesem Lied ‚Die Maid aus Augrim' kam er mir in den Sinn, weil er es mir immer vorgesungen hat.› ‹Und liebst du ihn noch?›, fragt ihr Mann, der plötzlich eifersüchtig wird. ‹Natürlich nicht›, antwortet sie. ‹Michael starb noch im selben Jahr, und ich glaube, dass ich der Grund für seinen Tod war. Weißt du, wir haben uns damals sehr geliebt. Wir waren viel zusammen, unternahmen wunderschöne Spaziergänge durch die Landschaft von Galway … Na ja, eines Tages wurde er dann krank, während ich gezwungen war, ins Internat zurückzufahren. Ich schrieb ihm einen Abschiedsbrief. Es war fürchterlich kalt. Am Abend vor meiner Abreise hörte ich dann, während ich die Koffer packte, wie Steinchen gegen mein Fenster flogen. Ich blickte hinaus und sah, wie er im Garten mitten im

Schnee auf mich wartete: Er war gekommen, um sich von mir zu verabschieden. Und eine Woche später starb er an Lungenentzündung.› Nun versucht der Gatte sie zu trösten und sagt zu ihr: ‹Sieh mal, mein Schatz, jeder Mensch muss früher oder später diese Welt verlassen. Es kommt nur darauf an, es im richtigen Moment zu tun, dann etwa, wenn man noch eine große Liebe im Herzen trägt. Es ist doch besser, mit einem Herzen zu sterben, das von großen Gefühlen bewegt wird, als langsam, Tag für Tag mehr zu verwelken, um dann schließlich wie eine Kerze zu erlöschen.›»

«Das ist sicher alles sehr ergreifend», räumt Cazzaniga ein, «aber ich kann einfach nicht erkennen, was das mit unserem Problem zu tun hat. Ans Leben müssen wir denken und nicht an den Tod.»

«Genau hier irrst du», erwidert Bellavista. «Leben und Tod sind die zwei Seiten derselben Medaille. Auch für mich gab es Menschen, denen ich von Herzen zugetan war. Ich denke zum Beispiel an Mimì della Gala, an Cesare Squillante, an Pino Calafato, an Sergio Corbucci … Sie alle waren mehr oder weniger in meinem Alter und sind dann einer nach dem anderen, auf die eine oder andere Weise, gegangen. Und so drängt sich mir doch die Frage auf: ‹Wo mögen sie jetzt bloß sein? Was werden sie tun? Können sie mich hören? Sehen sie mich? Und wenn sie mich sehen, warum versuchen sie nicht, sich mit mir in Verbindung zu setzen?›»

«Ich verstehe nicht, worauf du hinauswillst.»

«Ganz einfach. Ich erwähne meine verstorbenen Freunde, um dich daran zu erinnern, wie begrenzt unser Leben ist. Und wenn meine Zukunft der Tod ist, musst du doch verstehen, dass ich zugreife, wenn ich heute auch nur für einen Tag, ja vielleicht auch nur für eine einzige Stunde, glücklich sein kann. Ob dieses Glück nun Jessika heißt oder Katia oder sonst wie, ist dabei ohne Belang. Sag mir, warum sollte ich darauf verzichten? Warum willst du einem Todeskandidaten die letzte Zigarette verwehren?»

«Um seine Würde zu wahren.»

«Und deiner Ansicht nach hat ein Schiffbrüchiger eine Würde?»

«Aber du bist doch kein Schiffbrüchiger ...»

«... o doch, das bin ich. Ja, wir alle sind es. Und jetzt beantworte mir eine andere Frage: Was könnte so ein armer Teufel sonst tun, als sich an das erstbeste Stück Holz zu klammern, das im Meer vor ihm treibt?»

«Er könnte schwimmen.»

«Und wenn ihn ein Gedanke in die Tiefe zieht?»

«Welcher Gedanke?»

«Der Gedanke an den Tod. In dieser Situation gibt es keinen anderen Ausweg für ihn als die Ablenkung, die Zerstreuung, das heißt, es muss ihm gelingen, an etwas anderes zu denken. Warum glaubst du denn, spielen unsere werten Gattinnen jeden Tag Bridge? Ich kann es dir sagen: um sich abzulenken. Und warum ist Berlusconi in die Politik gegangen? Um sich abzulenken. Und warum setzen sich so viele Leute jeden Abend vor den Fernseher und bleiben so lange hocken, bis der Schlaf sie übermannt? Natürlich um sich zu zerstreuen. Kartenspiele, Sport, Kreuzworträtsel, Musik, in all ihren verschiedenen Spielarten, werden ja alle nicht zufällig Zeitvertreib genannt. Weil sie eben dazu da sind, die Zeit zu vertreiben, während wir eigentlich im Gegenteil alles daran setzen müssten, sie festzuhalten. ‹Das Leben›, hat Oscar Wilde gesagt, ‹ist all das, was passiert, während wir über etwas anderes reden.› Und währenddessen behält uns Gevatter Tod, dieser garstige Geselle, ganz genau im Auge. ‹Ja, ja, meine Hübschen›, sagt er sich, ‹unterhaltet euch nur, zerstreut euch, die Zeit arbeitet ja ohnehin für mich.› Und das ist sie, die Zeit.»

Und mit diesen Worten deutet Bellavista für Cazzaniga auf seine Armbanduhr.

«Siehst du den Sekundenzeiger? Siehst du, wie er vorrückt? Nun, das ist der Tod. Und weißt du auch, warum? Weil er nie stehen bleibt. Wir kommen hierher, trinken unseren Kaffee, gehen wieder nach Hause, und dieser verfluchte Zeiger ist einfach nicht stehen geblieben …, er bleibt nicht stehen … niemals … nicht mal für einen Augenblick. Er rückt mit immer gleicher Geschwindigkeit vor. Für jeden von uns gibt es im Himmel oder im Mittelpunkt der Erde oder wo auch immer eine Uhr mit unserem Namen darauf, und neben dem Namen ein Datum: ein Jahr, ein Tag, eine Stunde, eine Minute … eine Sekunde. Nun, und ob es uns gefällt oder nicht, diese eine Sekunde gehört nur uns. Wenn ich auf die Uhr schaue, sehe ich den Tod, wenn ich aber Jessika anschaue, sehe ich das Leben. Sie lacht, küsst mich, streichelt mich, singt, scherzt, und ich vergesse alles um mich herum: mein Alter, meinen erhöhten Blutzuckerspiegel, meine Pension, die mir kaum zum Leben reicht … Für mich ist das wie eine Arznei.»

«Und was folgt daraus?», fragt Cazzaniga, fast so, als wende er sich an sich selbst.

«Daraus folgt, dass wir uns etwas suchen müssen, das uns Zerstreuung bringt, etwas, an das wir denken können, ein Ziel, das wir erreichen wollen, eine Frau, die wir begehren. Im antiken Griechenland gab es eine philosophische Bewegung, die Skeptizismus genannt wurde. Einer ihrer Begründer, Herakleitos, setzte sich zum Ziel, immer etwas zu suchen, unter der Voraussetzung jedoch, es niemals zu finden. Es komme darauf an, so glaubte er, sich so zu beschäftigen, dass man keine Zeit zum Denken findet. Nicht umsonst bedeutet das griechische *zeteîn* ‹suchen›. Dem Alpinisten ist es wichtiger, den Berg zu besteigen, als von oben den Ausblick zu genießen, andernfalls könnte er sich auch von einem Hubschrauber hinaufbringen lassen.»

«Meinetwegen, aber was hat das alles mit diesem Mädchen zu tun?»

«Das liegt doch auf der Hand. Um nicht an das Ende zu denken, muss mein Geist von einem großen Begehren ergriffen sein, einem alles beherrschenden Gedanken, der mich immer beschäftigt, wenn ich einschlafe, wenn ich aufwache ...»

«Und dieser Gedanke kann nicht die Familie sein? Was weiß ich: deine Frau, deine Tochter, deine Enkel.»

«Doch, doch, an sie denke ich ja auch», antwortet Bellavista, «aber dies sind ruhige Gedanken, Gedanken, an die ich schon so lange gewohnt bin. Sie verursachen mir kein Herzklopfen, dass es mir fast den Atem nimmt. Wenn ich aber mit Jessika zusammen bin, im Dunkeln, in Saverios Wohnung, kommt es mir so vor, als könnte ich dem Schicksal Momente stibitzen, die gar nicht für mich vorgesehen waren und die ich, aus wer weiß welchem wunderbaren Missverständnis im Himmel heraus, plötzlich erhaschen kann. Das ist die Situation. Wenn du mir dazu nun einige praktische Ratschläge zu geben hast, nur zu.»

«Ja, einen hätte ich», antwortet Cazzaniga. «Denke daran, dass es in der Liebe immer zwei Wege gibt: Auf dem einen leidet man mehr, auf dem anderen weniger. Wenn du es noch einrichten kannst, so entscheide dich doch für den leichteren.»

15

Apollon und Dionysos

«Professore», sagt Giacomo, «vor einiger Zeit haben Sie uns erzählt, Nietzsche habe sich für die Reinkarnation des Gottes Dionysos gehalten. Einige Tage später entdecke ich nun bei der Lektüre der *Geburt der Tragödie*, dass laut Nietzsche im Theater die Musik Dionysos zuzurechnen sei, das Bühnenbild hingegen Apollon. Und nun frage ich mich: Was ist eigentlich mit der Regie, welcher Gott ist dafür verantwortlich? War Federico Fellini, um nur einen herauszugreifen, eigentlich ein ‹dionysischer› oder ein ‹apollinischer› Typ?»

«Natürlich beides», antwortet Bellavista. «Schließlich war Fellini nicht nur ein Regisseur, sondern auch ein Poet. Betrachten wir das Problem doch mal genauer. Ein Regisseur ist bei seiner Arbeit nie allein. Immer hat er den Regieassistenten zur Seite, die Schauspieler, die er führen muss, die Techniker, die auf seine Anweisungen warten, und vor allem den Produzenten, der ihm alles zur Verfügung stellen muss, was er zu seiner Arbeit braucht. Unter diesen Umständen wird es ihm natürlich schwer fallen, sich der Inspiration und Improvisation hinzugeben. Außerdem stützt er sich bei den Dreharbeiten auf ein Drehbuch, in dem jede einzelne Szene im genauen Wortlaut mit allen Bewegungen und Kameraeinstellungen bis ins Kleinste festgehalten ist. Hätte es zu seiner

Zeit das Kino schon gegeben, hätte Nietzsche mit Sicherheit erklärt, ohne Apollons Hilfe sei kein Film zu drehen. Der Komponist der Filmmusik aber arbeitet ganz auf sich gestellt in einem Projektionssaal und kann daher so viel improvisieren, wie er Lust hat. Ich habe eine ganze Reihe von ihnen kennen gelernt, und glaubt mir, die waren alle dionysisch – ohne Ausnahme.»

«Gut, wenn das so ist», wirft Giacomo, der fleißig mitgeschrieben hat, ein, «können wir also, wenn ich richtig verstanden habe, sagen, dass alles Improvisierte dionysisch ist, alles im Voraus Geplante und Entworfene aber apollinisch.»

«Machen wir halblang mit solch starren Einteilungen», meint Bellavista, «und klären wir lieber ein für alle Mal, wie die Begriffe ‹apollinisch› und ‹dionysisch› überhaupt entstanden sind. Zeus, der Herr des Olymps, erschuf, wie jeder anständige Schöpfer, die Menschen, indem er Ton mit Wasser anrührte. Nun standen ihm aber dazu zwei Haufen Ton zur Verfügung, jener des Apollon und jener des Dionysos, der eine von Rationalität, der andere von Leidenschaft durchdrungen. Auch für euch drei, die ihr hier sitzt, gilt: Entweder seid ihr apollinisch oder dionysisch, je nachdem, ob Zeus, als er euch in die Welt setzte, mehr von dem einen oder dem anderen Ton nahm.»

«Ich bin auf alle Fälle dionysisch!», ruft Jessika im Brustton der Überzeugung aus.

«Ich auch», stimmt Peppino, der ihr nicht nachstehen will, ein.

Nur Giacomo zögert noch, sich festzulegen. Er wartet klugerweise, bis er richtig verstanden hat, welche Natur die günstigere ist.

«Nun», rät der Professor, «an eurer Stelle würde ich mich nicht so voreilig zum dionysischen Typ erklären. Denkt daran, laut Nietzsche gelangt ein Mensch nur dann zur ‹Erhabenheit›, wenn beide Naturen in ihm zu gleichen Teilen vertreten sind.»

«Es wundert mich gar nicht, dass Nietzsche so denkt», bemerkt Giacomo, den das Thema immer mehr fesselt. «Bei Kant und Schopenhauer bin ich mir da nicht so sicher. Was waren das für Typen? Waren sie apollinisch oder dionysisch?»

Peppino hat jetzt die Nase voll und wirft dem Klassenkameraden einen bösen Blick zu. Wäre es nach ihm gegangen, wäre die Stunde jetzt zu Ende. Diese Nervensäge von Giacomo will sich nur wieder aufspielen und mit seinen öden Fragen glänzen. Und nur deswegen muss man sich jetzt auch noch Kant und Schopenhauer reinziehen.

Bellavista hingegen freut sich, Giacomos Neugier befriedigen zu können.

«Schopenhauer», hebt er an, «hat schon im dritten Teil seines zentralen Werkes *Die Welt als Wille und Vorstellung* ganz deutlich gemacht, was für ihn apollinisch und dionysisch bedeuten. Zu beachten ist dabei, dass Schopenhauer eine Art Ingenieur war, ein Mann, der für alles, mit dem er in Berührung kam, eine Erklärung suchte. Deshalb betrachtete er auch, im Gegensatz zu Nietzsche (der alles hätte sein können, nur kein Ingenieur), die Musik als Ausdruck des Apollinischen und zog nicht zufällig Mozart Wagner vor. Daran änderte auch nichts, dass ihn Mozarts Musik nie wirklich anrühren konnte.»

«Ja, das weiß ich alles. Aber wie erklärt es sich dann, dass

Nietzsche für Schopenhauer schwärmte?», fragt Giacomo weiter nach. «Eigentlich sagt doch Nietzsche, dass …»

«Jetzt reicht's aber, Giaggià!» Peppino stößt entnervt die Luft aus. «Die Sache interessiert mich natürlich auch brennend, aber lass uns bitte das nächste Mal darüber reden.»

«Einverstanden», stimmt Bellavista zu, «doch zwei Worte zu Kant müsst ihr mir noch zugestehen. Schließlich können wir ihn nicht so in der Luft hängen lassen wie einen kleinen Hobbyphilosophen. Danach, das schwöre ich euch, lass ich euch gehen.»

«Aber wirklich nur zwei Worte.»

«Ja, ja. Also, für Kant verhält sich das Apollinische zum Dionysischen wie das Schöne zum Erhabenen. Was ist damit gemeint? Nun, wenn mir zum Beispiel Jessika gefällt, weil sie gut gebaut und ihr Gesicht harmonisch geformt ist, kann ich das Adjektiv ‹schön› benutzen. Wenn ich mich jedoch in sie verliebe und wegen ihr den Kopf verliere, ist mir kein anderer Begriff als ‹erhaben› gestattet.»

«Meinetwegen», erklärt Peppino, «aber in unserer Klasse, der III b, gibt es eine Braut, die noch viel erhabener ist als Jessika. Die hat ein Hinterteil …, ich kann euch sagen, einfach himmlisch …»

«Wen meinst du denn? Doch nicht die Frangipane, diesen Dreitonner. Die sieht doch absolut Scheiße aus», protestiert Jessika mit angewiderter Miene. «Und wie die schielt. Da kümmert sich kein Auge ums andere …»

«Ach, was interessieren mich denn ihre Augen?!», erwidert Peppino. «Für mich zählt nur, was ich in der Hand habe.»

Jessika hat genug von dem Thema und fragt an Bellavista gewandt: «Hat sich dieser Apollon, der sich über alles und jedes seine Gedanken machte, eigentlich nie, wenigstens ein einziges Mal, in eine Frau verknallt?»

«Doch, doch, das hat er. Auch ihm hat mal ein Mädchen den Kopf verdreht, und zwar Daphne.»

«Und was ging da genau ab?», fragt Jessika nach, die weit mehr Interesse für Liebesgeschichten als für philosophische Erörterungen aufbringt.

«Folgendes: Eines Tages beobachtete Apollon, wie der kleine Eros mit Pfeil und Bogen trainierte, und tadelte ihn dafür. In seinem Alter sei es viel zu gefährlich, mit Waffen zu spielen, sagte er, und Eros antwortete ihm mit unerschütterlichem Selbstvertrauen: ‹Ich bin sehr viel stärker als du, o göttlicher Apollon. Alle Sterblichen kannst du mit deinen Pfeilen treffen, ich aber nicht nur diese, sondern auch den Gott Apollon.› Und in der Tat, als er ihn eines Tages mit einer Nymphe namens Daphne plaudern sah, durchbohrte er ihn mit einem goldenen Pfeil und schickte gleich darauf noch einen aus Blei für Daphne hinterher. Nun hatte es mit diesen zwei Arten von Pfeilen in Eros' Köcher folgende Bewandtnis: Die goldenen machten verliebt, die bleiernen aber erregten Abscheu. Was nun geschah, können wir uns lebhaft vorstellen. Daphne ergriff die Flucht, und Apollon setzte ihr nach. Ovid hat in seinen *Metamorphosen* die Szene beschrieben und Apollon folgende wunderschöne Verse in den Mund gelegt: ‹Nymphe, Peneustochter, bitte bleib stehen! Ich folge dir nicht als Feind! Nymphe, bleib stehen! So flieht das Lamm vor dem Wolf, die Hirschkuh vor dem Löwen, so fliehen vor dem Adler die Tauben mit ängstlich schlagenden Flügeln – ein jedes vor seinem Feind; Liebe ist der Grund, warum *ich* dich verfolge. Die Gegend ist rau, lauf bitte langsamer und zügele deine Flucht. Auch ich will dich langsamer verfolgen.›»

«Ach, wie romantisch», ruft Jessika aus. «Und wie geht die Geschichte aus?»

«Nun, Apollon ergreift sie schließlich, doch als er sich gerade anschickt, sie zu besitzen, ruft die Nymphe ihren Vater Peneus, den Gott der Wälder, zu Hilfe, der sie flugs in einen Lorbeerbaum verwandelt.»

«Jetzt reicht's aber mit diesem Apollon!», schaltet sich wieder Peppino ein, der für die griechische Mythologie auch nicht mehr als für Philosophie übrig hat.

«Nein, nein, einen Moment noch, mein Freund», erwidert der Professor. «Zunächst will ich mich noch vergewissern, ob du den Unterschied zwischen apollinisch und dionysisch wirklich verstanden hast. Du interessierst dich doch für Fußball und weißt sehr gut, dass sich die großen Stars in ihrer Spielweise sehr unterscheiden. Nehmen wir zum Beispiel Maradona und Rivera: Wo liegt da der Unterschied?»

«Was heißt Unterschied? Zwischen denen liegen Abgründe», antwortet Peppino ohne zu zögern. «Maradona war ein Instinktfußballer, kreativ, spontan …»

«Dann war er also dionysisch. Und Rivera?»

«Rivera war eine Art Dirigent. Der baute sich mitten auf dem Spielfeld auf und schickte seine Leute, wohin er wollte. Der hatte die totale Übersicht und das ganze Spiel voll im Griff.»

«Mit anderen Worten, er war apollinisch. Nun, mit den Fußballern von heute kenne ich mich nicht mehr so richtig aus, aber du als Experte kennst sicher auch die großen Spieler früherer Jahre. Ich nenne dir mal ein paar, und du sagst mir, ob sie deiner Ansicht nach apollinisch oder dionysisch gespielt haben. Beginnen wir mit Sivori.»

«Ich habe ihn nie spielen sehen, aber nach dem, was ich über ihn gehört habe, war er eher dionysisch.»

«Und Altafini?»

«Der auch.»

«Und Beckenbauer?»

«Also apollinischer als der geht gar nicht mehr.»

«Mazzola?»

«Apollinisch.»

«Ronaldo?»

«Dionysisch.»

«Pelé?»

Peppino zögert mit der Antwort, und Bellavista kommt ihm zuvor: «Beides, apollinisch und dionysisch. Mit anderen Worten: erhaben.»

16

Technologie-Gap

Giacomo macht sich keine Notizen mehr ins Heft. Sein Vater hat ihm einen tragbaren Computer geschenkt, und jetzt benutzt er nur noch den. Auch wenn er nur eine Glückwunschkarte zu schreiben hat, tippt er die Zeilen in den Computer, druckt sie aus und schickt sie ab.

«Ein phantastischer PC», meint er, indem er ihn voller Stolz Bellavista zeigt.

«Ein PC?», fragt der Professor. «Was hat die Kommunistische Partei* damit zu tun?»

«Gar nichts, PC bedeutet Personal Computer. Meiner ist ein Pentium III mit acht Gigabyte Festplatte und hundertachtundzwanzig Megabyte Arbeitsspeicher. Eine wahre Bombe. Früher habe ich mit Write gearbeitet, jetzt bin ich zu Word übergewechselt und benutze Windows 98 B. Und meine E-Mail-Adresse, wenn Sie mir schreiben wollen, ist *Giaggià Klammeraffe mail dot it.*»

Bellavista hat rein gar nichts verstanden. Vor allem das mit dem Klammeraffen ist ihm ein Rätsel. Schon länger stößt er sich ja an der Mode, aus dem Lateinischen oder Griechischen stammende Wörter plötzlich amerikanisch auszusprechen. Wehe, man sagte in seiner

* PC = Partito Communista (A. d. Ü.)

Gegenwart «mass midia» anstatt «mass media», oder «maicrosoft», anstatt «microsoft». Dann gab er sogleich zu bedenken, dass *media* der Plural des lateinischen Wortes *medium* sei und dass *mikrós* aus dem Griechischen komme und «klein» bedeute. Ohnehin ging ihm diese Manie, das Italienische mit Begriffen aus dem Englischen zu spicken, die dazu noch falsch ausgesprochen wurden, furchtbar auf die Nerven. Und der Computer mit all seinen neuen Begriffen hat ihn jetzt erst recht verunsichert. Er blickt seinen Schüler an und hat das Gefühl, einen Außerirdischen vor sich zu haben.

«Wofür brauchst du das Ding eigentlich?», fragt er, indem er auf den PC zeigt.

«Zum Surfen.»

«Zum Surfen?»

«Ja, klar, es gibt überhaupt nichts Aufregenderes als zu surfen. Wenn ich mich nicht irre, haben doch schon die alten Römer gesagt: *navigare necesse est, vivere non necesse.*»

«Ja, das haben sie. Ich glaube jedoch nicht, dass damit das Internet gemeint war. Aber trotzdem. Zeig mir mal, wie man mit dem Ding umgeht.»

«Och, ganz einfach», erklärt Giacomo. «Gestern zum Beispiel habe ich den gesamten Platon eingescannt …»

«Du hast was?»

«Ich habe ihn eingescannt.»

«Und was meinst du damit?»

«Dass ich mir alle Platon-Dialoge vorgenommen und in den Scanner gesteckt habe.»

«So, in den Scanner. Jetzt bin ich schon sehr viel schlauer.»

«Nun, ein Scanner ist ein Gerät, das ganz ähnlich wie ein Fotokopierer arbeitet», erklärt Giacomo langsam, so als habe er einen geistig Minderbemittelten vor sich, «nur dass er die Texte nicht fotokopiert, sondern speichert und dann an den Computer schickt. Und danach kann man sich vom PC alle möglichen Fragen zu den gespeicherten Texten beantworten lassen. Haben Sie verstanden?»

«Ehrlich gesagt, nein», antwortet Bellavista zerknirscht.

«Schauen Sie, Professore, das ist doch ganz einfach. Stellen Sie mir mal irgendeine Frage zu den Werken Platons.»

«Gut. In welchem Dialog behauptet Platon, die Seele gleiche einem Karren, der von zwei Pferden gezogen wird? Das eine versuche, den Menschen hinauf in die Höhe zu ziehen, damit er dort in der Ebene der Wahrheit wandele, das andere, das törichte, halte dagegen und ziehe ihn in die Tiefe hinab.»

«Nichts leichter als das», antwortet Giacomo, stolz, sein Können zeigen zu dürfen. «Man muss sich nur einen Schlüsselbegriff überlegen. Versuchen wir's mal mit ‹Ebene der Wahrheit›.»

Gesagt, getan, kaum hat er «Ebene der Wahrheit» eingetippt, da erscheint schon die Meldung auf dem Bildschirm: Platon, *Werke*, Buch 5. *Phaidros*, 246 d, S. 73. Bellavista ist sprachlos. So leicht will er sich einem technischen Gerät aber nicht geschlagen geben und erklärt ein wenig halbherzig:

«Ja, stimmt schon, *Phaidros* ist der Dialog, in dem Platon von der Seele spricht, aber das weiß doch jedes Kind, und es wundert mich nicht, dass sogar dein Computer das hinbekommt. Was aber ist mit der Stelle, wo der Philosoph davon spricht, dass die Seele eines Menschen, der im Laufe seines Lebens zu häufig gefehlt hat, in den Körper einer Frau überwechsle, und dass sie, sollte sie auch in diesem zweiten Körper scheitern, beim nächsten Mal in den eines Tieres weiterwandere?»

«Kein Problem», meint Giacomo, dem der Stolz auf seinen PC ins Gesicht geschrieben steht. «Sie müssen mir jedoch das Schlüsselwort nennen, ein Wort also, das nicht sehr häufig in den Dialogen vorkommt, gleichzeitig aber bezeichnend ist für die Stelle, die wir finden wollen. Denn würde ich jetzt zum Beispiel unter dem Stichwort ‹Frau› suchen, oder meinetwegen auch ‹Tier›, käme ich bestimmt auf eine Unmenge von Treffern. Und dann wäre ich nicht viel schlauer. Erinnern Sie sich vielleicht an den Wortlaut, wie Platon ihn aufgezeichnet hat?»

«Nun, er sagt: Wer aber die ihm zukommende Zeit wohl verlebte, der wird ein glückseliges Leben führen; ist er aber darin gescheitert, wird er bei seiner zweiten Geburt in die Natur eines Weibes weiterwandern. Lässt er aber auch dann von seiner Schlechtigkeit nicht ab, wird er sich in eine tierische Natur verwandeln.»

«Nun, dann würde ich sagen, versuchen wir's mal mit ‹weiterwandern›.»

Und erneut zieht sich der Computer mehr als achtbar aus der Affäre. Auf dem Bildschirm erscheint die Meldung: Platon, *Werke*, Buch 7. *Timaios*, 42 c, S. 69.

«Wenn ich richtig verstanden habe», folgert Bellavista, «hast du den gesamten Platon in dem Ding gespeichert.»

«Ja, klar», antwortet Giacomo strahlend, «und Sie, Professore, müssen sich mit der Tatsache abfinden, dass man irgendwann mal Bücher überhaupt nicht mehr drucken wird. Stellen Sie sich nur vor, welche Vorteile das mit sich bringt. Ich will es Ihnen an einem Beispiel verdeutlichen: Wie viele Bücher, schätzen Sie, haben Sie hier in Ihrer Wohnung?»

«Nun …, die genaue Anzahl kann ich dir nicht nennen …, aber sagen wir, dass ich fünf Bücherwände habe, zwei im Arbeitszimmer, zwei im Wohnzimmer und eine kleinere im Schlafzimmer. Grob geschätzt müsste ich da auf ungefähr dreitausend Bücher kommen.»

«Nun, wenn Sie wollen, können Sie sie dann verdichten.»

«Entschuldigung, was soll ich mit meinen Büchern machen?»

«Passen Sie mal auf: In den USA ist kürzlich ein elektronisches Buch auf den Markt gekommen, ein so genanntes *e-book*, das bis zu fünftausend herkömmliche Bücher aufnehmen kann. In ein einziges *e-book* kann man so, was weiß ich, alle Werke von Dostojewski, Gogol und Tschechow packen. Auf den ersten Blick sieht so ein *e-book* wie ein ganz normales Buch aus, nur ist es an Stelle der Seiten mit zwei Flüssigkristallbildschirmen ausgestattet. Auf dem linken erscheint zunächst ein Verzeichnis mit allen enthaltenen Texten und auf dem rechten eine leere Seite, auf der man sich mit einem, natürlich elektronischen, Stift Notizen machen kann. Wie gehen Sie nun vor? Sie wählen das Buch, das Sie lesen wollen, sagen wir *Die Erniedrigten und Beleidigten* von Dostojewski, klicken auf die Nummer, unter der es aufgezeichnet ist, und schon erscheint die erste Buchseite auf dem linken Bildschirm. Wenn Sie wollen, können Sie aber auch zu einer anderen Seite wechseln oder ein Thema suchen, das Sie mehr interessiert. Nehmen wir zum Beispiel an, Sie wollen wissen, ob Dostojewski irgendwo etwas zur Seelenwanderung geschrieben hat. Dann tippen Sie nur das Wort ‹Seelenwanderung› ein, und schon erscheint der gewünschte Text auf dem Bildschirm. Welche Vorteile hat das nun? Unzählige, würde ich sagen. Zunächst einmal kann man auch im Dunkeln lesen, weil der Bildschirm ja leuchtet. Dann kann man die Schriftart wählen, die einem am meisten zusagt, und natürlich auch die Schriftgröße: Wenn uns hier 10 zu klein vorkommt, gehen wir halt auf 12 oder 14. Und schließlich sparen wir mit dieser Erfindung jede Menge Platz. Sie zum Beispiel kämen statt der fünf Bücherwände mit vielleicht fünfzig *e-books* aus, die gerade mal einen Regalmeter einnehmen würden.»

«Hoffentlich sterbe ich vorher», lautet Bellavistas einziger Kommentar.

«Wie bitte? Wieso denn?»

Doch der Professor antwortet nicht. Stattdessen steht er auf und entnimmt der Bücherwand hinter ihm ein altes, rot eingebundenes Buch mit einer goldenen Schrift.

«Sieh dir mal dieses Buch an», sagt er zu Giacomo, «*Das Geheimnis des schwarzen Dschungels* von Emilio Salgari. Mein Vater hat es mir 1939 geschenkt, als ich die Prüfung fürs Gymnasium bestanden hatte. Und jetzt schließ bitte mal die Augen und lege eine Handfläche auf eine beliebige Seite. Spürst du das Papier unter deinen Fingern? Es ist ein wenig rau, aber spürst du, wie schön es ist? Und jetzt schnuppere mal daran. Ist das nicht ein herrlicher Duft? Und dann schnupper mal an deinem Computer und sag mir, wonach er riecht. Es ist wahrscheinlich der gleiche Unterschied wie zwischen Sex mit einer Frau oder einer aufblasbaren Gummipuppe.»

«Das mag ja sein, aber bedenken Sie doch, welchen Nutzen uns die neue Technik bringt», lässt sich Giacomo nicht beirren. «Stellen Sie sich nur vor, Sie lesen abends in einem bestimmten Buch und möchten dazu in einem anderen etwas nachschauen. Nun, mit dem Internet müssen Sie nur ein paar Mal klicken, und schon stehen Ihnen alle Texte, die Sie wünschen, zur Verfügung.»

«Und du kannst dir wirklich vorstellen, wie ich abends mit dem Computer auf dem Bauch klickend im Bett liege?»

«Reine Gewohnheit», lässt Giacomo nicht locker. «Außerdem ist der Computer eben ein apollinisches Mittel, während Berühren und Riechen eher mit Dionysos zu tun haben. Und Sie selbst haben uns erklärt, dass wir beides brauchen.»

«Einverstanden, mag er ruhig apollinisch sein, aber er ist auch gefährlich.»

«Wieso gefährlich? Der Computer als Arbeitsgerät ist mehr als sicher.»

«Ich will dir erklären, was ich meine», fährt Bellavista fort. «Die abendländische Zivilisation entstand in Griechenland im fünften Jahrhundert vor Christus, und zwar dank der Sonne und der *piazza*, auf Griechisch ‹Agora›. Wenn die Sonne schien, trafen sich die Griechen auf der Agora und unterhielten sich. So entwickelte sich ein eigenartiges Phänomen, die *agorázein* oder auch ‹kreative Resonanz›.»

«Und was ist damit gemeint?»

«Das will ich dir erklären: Begegnen sich zwei schöpferisch tätige Menschen, hallen die Worte des einen im Kopf des anderen wider und kehren von dort verstärkt zurück. Auf diese Weise sind die beiden nach einem halben Stündchen Gedankenaustausch noch kreativer als vor dem Treffen. Du aber mit deinem Flüssigkristallbildschirm schaffst das nicht.»

«Aber warum denn nicht?», protestiert Giacomo. «Eine der Charakteristiken des Internets ist ja gerade der Austausch von Informationen, das heißt die Möglichkeit zur Kommunikation mit anderen Usern.»

«Na ja, vielleicht», räumt der Professor ein, gibt aber zu bedenken: «Es ist jedoch eine Sache, mit einem anderen Menschen im Sonnenschein zu kommunizieren, eine ganz andere aber, in einem abgeschlossenen Raum allein vor dem Bildschirm zu hocken. Sieh mal, Giaggià, seit Anbeginn der Welt gab es stets die großen Konfrontationen zwischen sich feindlich, meist auch bewaffnet gegenüberstehenden Heeren, Religionen oder Weltanschauungen. Ich will dir einige aufzählen: Römer gegen Barbaren, Christen gegen Moslems, Monarchisten gegen Jakobiner, Kommunisten gegen Kapitalisten und so weiter. Und heute erleben wir den Kampf der Menschen gegen die Teledinger.»

«Teledinger? Wer soll das sein?»

«Teledinger sind Computer, Handys, Fernsehen, Video und dergleichen», stellt der Professor klar. «Worin liegt hier nun die Gefahr? Das lässt sich mit einem einzigen Wort sagen: in der Vereinsamung. Mit der Zeit wirst auch du verstehen, dass das Schlimmste auf der Welt die Einsamkeit ist. Jeder von uns hat das Bedürfnis nach der Gesellschaft eines anderen Menschen, wenn nicht zum Lieben, dann wenigstens zum Streiten, oder sagen wir neutraler zum Meinungsaustausch.»

Giacomo antwortet nicht. Dafür hat aber Jessika, die später gekommen ist und ebenso wie Peppino die ganze Zeit über nur schweigend zugehört hat, etwas einzuwenden.

«Entschuldigen Sie, Professore, vorhin haben Sie doch gesagt, die Seele einer Frau stehe unter der des Mannes, oder genauer, in der Mitte zwischen der männlichen und der tierischen Seele. Oder habe ich Sie da falsch verstanden?»

«Nein, nein, das stimmt schon. Nur habe nicht ich das gesagt, sondern Platon in seinem *Timaios*. Frag Giacomo, wenn du mir nicht glaubst, der kann es dir auf dem Computer zeigen.»

«Schon gut, ich glaub's ja. Aber ich glaub auch, dass ihr drei richtige Scheiß-Machos seid: Sie, Giacomo und vor allem dieser Platon. Ja wollen Sie mir denn wirklich weismachen, Peppinos Seele zum Beispiel würde höher fliegen als meine, nur weil dieser Hohlkopf zufällig ein Mann ist?»

«Hei», protestiert Peppino beleidigt, «was weißt du schon von meiner Seele? Geht dich doch nichts an, wie die fliegt, höher oder niedriger … Kümmre dich lieber um deine eigene bescheuerte Seele!»

«Jetzt aber Schluss, Kinder: Wir wollen endlich anfangen.»

Die Sache mit den Computern war für Bellavista ein echtes Trauma. Es hatte ihn ja schon große Mühe gekostet, sich an die Schreibmaschine zu gewöhnen. Die Feder in die Tinte zu tauchen, war für ihn ein Genuss, der ihn an seine Zeit in der Volksschule erinnerte. Nie würde er zum Beispiel jenen Tag vergessen, da er sein Tintenfass umgekippt und sich Hose und Schuhe von oben bis unten besudelt hatte. Als seine Lehrerin, Signora Rosati, bemerkte, dass ihm die Tränen kamen, durfte er sich neben sie setzen, um zu verhindern, dass ihn seine Mitschüler auslachten. Heute hingegen gingen die Grundschüler schon mit dem Computer im Rucksack und dem Handy in der Tasche in die Schule.

Zum Thema Handy sollte eine Bahnfahrt nicht unerwähnt bleiben, die Bellavista kürzlich zum Kultusministerium nach Rom geführt hat.

Um zu sparen, hat er auf den schnelleren Eurostar verzichtet und stattdessen den Intercity genommen. Mochte die Fahrt dadurch auch eine halbe Stunde länger dauern, für einen Pensionisten wie ihn kam es darauf nun wirklich nicht an. Mit einem guten Buch im Reisegepäck wollte er sich die Zeit angenehm vertreiben. Er hatte Heideggers *Sein und Zeit* eingesteckt, gewiss keine leichte Lektüre, doch, Hin- und Rückfahrt zusammengenommen, dachte er, es zu schaffen. Allerdings hat er dabei nicht mit den Handys gerechnet.

In seinem Abteil fanden sich noch drei weitere Fahrgäste ein, alle drei mit Handys bewaffnet. Als er es zum ersten Mal klingeln hörte, konnte er beobachten, wie sie alle drei, ähnlich den Pistolenschützen im Wilden Westen, die rechte Hand ruckartig zur Westentasche führten. Der «Angerufene» war der Herr auf dem Platz neben ihm.

«Jetzt möchte ich aber wirklich wissen, was dieser Flegel so Bedeutsames zu erzählen hat!», dachte Bellavista und sah von seinem Buch auf.

Der «Flegel» sprach mit seiner Frau: «Ciao, mein Schatz … ja, ja, durch Aversa sind wir gerade durch.»

«Ja ist es denn möglich», hätte Bellavista den Herrn am liebsten zur Rede gestellt, «dass ein zivilisierter Mensch andere Leute belästigt, nur um seiner Frau solch eine banale Auskunft zu geben? Wenn der Zug um neun Uhr fünfzig losfährt, ist es doch normal, dass er um zehn Uhr zehn gerade durch Aversa durch ist. Und außerdem, was spielt das für eine Rolle, ob der Zug schon an Aversa vorbei ist oder nicht …»

Wessen Schuld ist es eigentlich, wenn sich solch unschöne Dinge zutragen?, dachte Bellavista weiter. Die des Anrufers oder des Angerufenen? Selbstverständlich desjenigen, der angerufen wird: Betritt jemand eine Kirche, ein Kino, ein Restaurant oder ein Zugabteil, sollte er als Erstes sein Mobiltelefon ausschalten. Aber auch der Anrufer ist nicht ganz schuldlos. Denn da er weiß, dass er womöglich stören könnte, sollte er nur in Notfällen anrufen: «Bei dir zu Hause brennt's!», oder: «Deine Frau hatte einen Autounfall und liegt im Krankenhaus», das waren Mitteilungen, die zu tolerieren waren.

Kaum aber hatte Bellavista seine Lektüre wieder aufgenommen, da meldete sich das zweite Handy. Diesmal war es das des jungen Mannes ihm gegenüber.

«O ciao Teresa, wie schön, deine Stimme zu hören … Ich bin auf dem Weg nach Rom … Nein, im Zug … Ja, sicher, mein Herz … Du weißt doch, ich denke nur an dich …»

Kurzum, es war ein Verliebter, ja, ein Latin Lover. So wie er sich beim Reden hin und her wand, wurde klar, dass das Handy eine Art Phallusersatz für ihn war.

«Aber mein junger Freund», hätte ihn Bellavista am liebsten zurechtgewiesen, «wie soll ich mich bei Ihrem lauten Gequassel auf Heidegger konzentrieren? Die gute Kinderstube verlangt es, wenn man auf dem Handy angerufen wird, zumindest aufzustehen und das Gespräch auf dem Gang zu führen, insbesondere wenn es sich um ein solch privates, ja intimes Gespräch handelt.»

Um nicht ein weiteres Mal gestört zu werden, wartete Bellavista nun darauf, dass im Abteil absolute Ruhe einkehrte. Aber nein, pünktlich wie ein Wechsel meldete sich das dritte Mobiltelefon: Diesmal war der Angerufene ein Börsenmakler, der Insidertipps über zu kaufende oder abzustoßende Aktien verteilte, allerdings ohne auch nur einmal den Namen eines Unternehmens zu nennen.

«Ja, die sind gut … die steigen … Nein, nein, die nicht, um Himmels willen … Du weißt ja, was ich davon halte … auf alle Fälle, bestell du brav dein Gärtlein …»

Was nun mit dem Gärtlein gemeint war, konnte sich Bellavista nicht erklären. Eben weil er von Aktien keine Ahnung hatte, hatte er ja auch all sein Erspartes in Staatsanleihen angelegt. Gewiss, die ein oder andere kleine Investition hätte er schon riskieren können, aber woher sollte er wissen, welche Titel viel versprechend und welche gefährlich waren, wenn dieser Herr keine Namen nannte?

Und so ging das praktisch ohne Unterlass die ganze Fahrt über weiter: Handys summten, Nummern wurden eingetippt, Anrufe gemacht und entgegengenommen. Und kein Gespräch, das nicht mit lauter Stimme geführt worden wäre. Am häufigsten angewählt wurde der Latin Lover, dessen Liebesbekenntnisse kaum voneinander abwichen.

«Ciao Manuela, wie geht's? … Wie schön, deine Stimme zu hören … Ich bin auf dem Weg nach Rom … Du weißt doch, ich denke nur an dich …»

Beim dritten Anruf war Bellavista in starker Versuchung, ihn anzusprechen. «Erlauben Sie mir eine Frage? Wollten Sie nicht nur an Teresa denken?»

So ging das weiter, bis einer der Herren, der Bellavista schweigend und ohne Handy sah, ihm sein eigenes anbot: «Verzeihung, aber wie ich sehe, haben Sie kein Handy. Wenn Sie meins benutzen wollen, um kurz zu Hause anzurufen, bitte sehr …»

Der freundliche Herr wählte sogar die Nummer für ihn und schickte den Anruf los, weil Bellavista nicht mit den Tasten zurechtkam. Er hatte noch nie ein Handy benutzt, und die Tastatur war ihm ein Rätsel. Seine Frau ging ran.

«Ciao, ich bin's, Gennaro … Ja, ich sitze im Zug … Ja, durch Aversa sind wir gerade durch …»

17

In Gedanken bei ihr

Die Badewanne wird immer mehr Bellavistas fester Platz zum Träumen. Kein Tag vergeht ohne sein geliebtes Bad in der Wanne. Der Ablauf ist immer gleich: Licht ausschalten, bis zum Kinn ins heiße Wasser eintauchen und warten. Drei Minuten, höchstens vier, und Jessika erscheint ihm, mit jedem Mal noch attraktiver, noch betörender als zuvor. Sie kommt näher, lächelt, blickt ihn an, steigt in die Wanne, legt sich neben ihn und überhäuft ihn mit Küssen und Zärtlichkeiten. Selbstverständlich ist sie vollkommen nackt. Doch eines ist hier klarzustellen: Bellavista praktiziert keinerlei Form der Selbstbefriedigung. Da sind nur Gedanken, Vorstellungen und eine reiche Phantasie.

Es ist sechs Uhr. In der Wohnung ist es still, und auch von der Straße dringt kein Laut zu ihm. Es ist zu früh für den Morgenverkehr. Um diese Zeit schläft Neapel noch, genauso wie seine Frau. Üblicherweise steht Maria erst gegen zehn auf. Und eben dank dieser unterschiedlichen Aufstehzeiten kann Bellavista schon seit gut zehn Jahren sein Frühstück morgens in herrlichster Ruhe alleine genießen. Um halb sechs wacht er auf, schaut sich die erste Nachrichtensendung des Tages auf Canale 5 an, nimmt sein Wannenbad, spaziert zu seiner Stammbar nach Mergellina und trinkt seinen Cappuccino (auf ein Croissant verzichtet er wegen seines erhöhten Blutzuckerspiegels), kauft sich den *Corriere della Sera*, manchmal auch den *Il Mattino*, geht wieder nach Hause zurück, macht es sich auf dem Sofa im Wohnzimmer bequem und widmet sich in idyllischem Frieden den Morgenzeitungen.

Gewiss, es sind nur drei Stunden, aber die reichen ihm, um sich wieder so frei zu fühlen wie damals, als er noch Junggeselle war.

Doch nicht immer geht alles seinen gewohnten, friedlichen Gang. Letzte Woche erst ist seine Frau, Gott allein weiß warum, schon im Morgengrauen aufgewacht und hat ihn im Bad überrascht, als er noch in der Wanne lag. Er hatte vergessen, die Tür abzuschließen, plötzlich wurde das Licht angeschaltet, und sie stand vor ihm.

«Was machst du denn hier im Dunkeln …?»

«Wieso, gar nichts, ich habe nachgedacht.»

Zum Glück hatte sie Jessika nicht bemerkt, die vollkommen nackt neben ihm lag.

Andere Male hingegen sieht er sich selbst, während er so im warmen Wasser liegt, als Angeklagten in einem Prozess wegen sexueller Belästigung und in der Rolle des Richters, in einer Robe und wie aus dem Ei gepellt, seinen Nachbarn, Doktor Cazzaniga.

«Sind Sie Bellavista Gennaro, Beamter im Ruhestand, geboren am 18. November 1929?»

«Ja, das bin ich.»

«Schwören Sie, die Wahrheit zu sagen und nichts als die Wahrheit, so sprechen Sie: Ich schwöre!»

«Ich schwöre!»

«Ihnen wird zur Last gelegt, mit der Minderjährigen Mantovani Jessika geschlechtlich verkehrt zu haben. Was haben Sie zu Ihrer Rechtfertigung vorzubringen?»

«Zunächst einmal, dass die erwähnte Mantovani Jessika nicht minderjährig ist: Das Mädchen ist achtzehn Jahre alt.»

«Siebzehn oder achtzehn, darauf kommt es hier nicht an», erwidert der Richter Cazzaniga. «Es geht hier um Unzucht mit einem wehrlosen Geschöpf, das rund fünfzig Jahre jünger ist als Sie.»

«Glauben Sie mir, Herr Richter, dieses Mädchen ist alles andere als ein wehrloses Geschöpf. Wenn hier überhaupt jemand wehrlos ist, so bin ich das.»

«Jetzt wollen wir mal nicht übertreiben. Meinen Akten entnehme ich, dass Sie die Mantovani Jessika in die Wohnung eines gewissen De Piscopo Saverio in der Via Campiglione 47 gelockt und dort geschlechtlich mit ihr verkehrt haben. Entspricht das der Wahrheit?»

«Ja, das stimmt, aber bedenken Sie, dass ich aufs Heftigste provoziert wurde.»

«Auf welche Weise?»

«Nun, in erster Linie mit Bildern.»

«Was meinen Sie mit Bildern?»

«Herr Richter, kennen Sie zufällig das Gemälde von Domenico Morelli, ‹Die Versuchung des heiligen Antonius›? Nun, deshalb …»

«Ach, kommen Sie mir doch nicht schon wieder mit diesem Domenico Morelli. Darüber haben wir doch schon letzte Woche gesprochen. Nennen Sie mir lieber Gründe für Ihr verwerfliches Tun, vorausgesetzt, Sie haben welche, aber bitte einleuchtende.»

«Herr Richter, ich weiß gar nicht, wie ich es Ihnen erklären soll, aber es ist doch nicht meine Schuld, dass ich unablässig an die Mantovani Jessika denken muss. Wenn ich mit ihr zusammen bin, bin ich nicht mehr siebzig, sondern vierundvierzig Jahre alt.»

«Und warum ausgerechnet vierundvierzig?»

«Nun, siebzig plus achtzehn ergibt achtundachtzig. Und achtundachtzig durch zwei macht vierundvierzig. Aber dieses Mädchen, diese Mantovani Jessika, hat es wirklich in sich ... Sie provoziert mich, sagt mir Dinge, die mir den Schlaf rauben ... Erst heute früh, in der Badewanne, hat sie mir wieder etwas zugeflüstert ...»

«Ja, was denn?»

«Ach, dass sie ständig an mich denkt und dass sie nicht mehr duscht, so wie früher, sondern in der Wanne badet, gerade so wie ich. Dann habe ich sie gefragt: ‹Und was denkst du so, wenn du in der Badewanne liegst?›, und sie hat geantwortet: ‹Dass wir rummachen›, was im Jargon der Jugendlichen von heute so viel wie schmusen bedeutet.»

Leider verhält sich die reale Jessika ganz anders als die Jessika in Bellavistas Phantasie. Seit einiger Zeit schon geht sie ihm aus dem Weg. Er möchte wieder mit ihr in Saverios Wohnung zusammen sein, doch sie hat offensichtlich etwas dagegen. Genau weiß er es gar nicht, denn er ist nie mit ihr alleine, um sie fragen und gegebenenfalls etwas verabreden zu können. Dabei würde es doch reichen, wenn sie nachmittags bloß fünf Minuten zu früh zu ihm käme oder fünf Minuten später ginge. Aber nein. Einmal hat er ihr sogar zugezwinkert, aber sie tat so, als bemerke sie es nicht. Was soll er tun? Bei ihr zu Hause anrufen möchte er nicht. Ach, wenn sie ihn doch anrufen würde, und sei es auch nur, um sich irgendeine philosophische Frage erläutern zu lassen. Nun, da sie im Nachhilfeunterricht ihren Kameraden nicht von der Seite weicht, fällt Bellavista schließlich nichts anderes mehr ein, als vor der Schule auf sie zu warten und dann so zu tun, als sei er zufällig vorbeigekommen. Allerdings kann er sich nicht direkt vor dem Ausgang postieren wie ein Schuljunge bei seiner ersten Verabredung. Da käme er sich lächerlich vor. Und auch auf der Straße wird es nicht so leicht sein, Kontakt zu ihr aufzunehmen. Jessika ist ja praktisch nie allein unterwegs, sondern immer umringt von einer Schar von Freunden und Freundinnen. Bevor er sie ansprechen kann, muss er warten, bis sie sich von den Mitschülern verabschiedet hat.

Bellavista entscheidet sich für die Via Nisco, eine Parallelstraße der Via Carducci, kaum hundert Meter vom Gymnasium entfernt. Er weiß, hier muss das Mädchen auf dem Nachhauseweg vorbeikommen. Vor dem Kaufhaus UPIM bezieht er neben einem öffentlichen Fernsprecher Aufstellung und wartet voller Hoffnungen.

Und da kommt sie auch schon. Sie geht zwischen zwei Schulkameradinnen und lacht. Worüber sie so lacht, ist ihm wie immer ein Rätsel. Sie lacht ja häufig, anscheinend ohne Grund. Ein ernstes Gespräch, die Erörterung einer Angelegenheit von Belang, ist ihre Sache nicht. Er dachte dabei nicht an Politik, das wäre zu viel verlangt, aber ein paar Gedanken zum täglichen Leben, ein Urteil über einen Film, den sie am Vorabend im Fernsehen gesehen hat … Aber nein, da kam gar nichts in der Richtung.

Endlich verabschiedet sie sich von ihren Freundinnen und schickt sich an, die Straße zu überqueren. Er geht ihr ein paar Schritte entgegen, als ihr ein Mercedes plötzlich den Weg abschneidet und direkt vor ihr abbremst. Im Auto erkennt er Giada und zwei weitere Jugendliche. Einer von ihnen fordert Jessika auf einzusteigen. Sie tut's, und der Wagen prescht mit quietschenden Reifen davon. Bellavista bleibt, angewurzelt wie ein Baum, mitten auf der Straße stehen, bis ihn das aufgeregte Hupen eines Kleinlasters auf den Gehweg zurückscheucht.

Halb so schlimm, er wird sie ja um vier in seiner Wohnung beim Unterricht sehen.

18

Autodiebstahl

Peppino und Giacomo sind zu spät dran. Als sie endlich eintreffen, ist es schon halb fünf, und Jessika ist nicht dabei. Bellavista fragt nach, was denn los sei.

«Wir haben ja zwanzig Minuten vor der U-Bahn-Station auf sie gewartet», antwortet Giacomo, «aber es war weit und breit nichts von ihr zu sehen. Ich habe sogar versucht, sie auf dem Handy zu erreichen. Es geht aber niemand ran.»

«Na gut», meint Bellavista, «wir warten noch fünf Minuten, dann fangen wir an. Heute beschäftigen wir uns mit Heidegger.»

«Auch so ein Dickbrettbohrer!», lautet Peppinos Kommentar dazu.

«Wie bitte?», fragt der Professor, der nicht richtig verstanden hat.

«Ich meine, dass er bestimmt schwierig zu verstehen ist», verbessert sich Peppino. «Das haben sie jedenfalls in der Schule gesagt. Der soll die härteste Nuss von allen sein.»

«Gewiss ist Heidegger nicht ganz leicht, aber mit etwas gutem Willen wirst auch du die Grundzüge seines Denkens verstehen können. Ich würde sagen, so lange Jessika noch nicht da ist, reden wir schon mal über seine Lebensgeschichte. Also, Martin Heidegger wurde

1889 in Messkirch in Deutschland geboren. Er war der Sohn eines Küsters und, wie so viele große Denker, auch ein wenig sonderbar. Man bedenke nur, dass er, als seine Mutter starb, auf deren Grab statt eines Kranzes eine Ausgabe seines Werkes *Sein und Zeit* niederlegte. Und ebenso extravagant war er als Philosoph. So verlegte er sich zum Beispiel mehr darauf, Fragen zu stellen, als Antworten zu geben. In Frankreich eröffnete er einmal eine Fachkonferenz mit den Worten: ‹Was ist die Philosophie?›»

«Das würde ich auch gern mal wissen», wirft Peppino ein. «Oder zumindest würde es mich interessieren, wozu sie eigentlich da ist. Übrigens eine Frage, die ich schon lange mal stellen wollte.»

«Dann will ich dir auch gleich eine Antwort geben», antwortet Bellavista, zufrieden, weil sich Peppino ausnahmsweise mal interessiert zeigt. «Im Leben gibt es Dinge, die man weiß, und Dinge, die man nicht weiß, aber glaubt. Mit Ersteren beschäftigt sich die Naturwissenschaft, mit Letzteren die Religion. Schließlich gibt es aber auch noch Dinge, die man nicht weiß und die man nicht glaubt, über die man aber debattiert. Das ist die Philosophie. Einige Beispiele, damit das klarer wird. Wasser kocht bei hundert Grad. Wenn du, Peppino, das nicht glaubst, füllst du einfach einen Topf mit Wasser, stellst ihn auf den Herd, und wenn du siehst, wie die ersten Bläschen aufsteigen, hältst du ein Thermometer hinein. Und du wirst feststellen, es zeigt genau in diesem Moment hundert Grad. Das ist die Naturwissenschaft. Geht es jedoch um das ewige Leben, glauben manche Menschen an den christlichen Gott, andere an Allah, wieder andere an Manitu – das ist die Religion. Schließlich können wir uns aber auch mit einem Thema wie zum Beispiel dem Glück beschäftigen: Die einen glauben, es durchs ‹Haben› erreichen zu können, andere durch das ‹Sein›, und so diskutiert und streitet man die ganze Nacht durch. Du behauptest etwas, ich halte dagegen, und indem wir so reden und reden, betreiben wir Philosophie.»

«Wenn ich Sie richtig verstanden habe», folgert Giacomo, «ist die Philosophie also zwischen den Naturwissenschaften und der Religion anzusiedeln.»

«Ganz richtig, und während Wissenschaftler auf Zahlen schwören und Priester auf ihre Heilige Schrift, besitzen Philosophen etwas, oder sollten es zumindest, das ich als ‹Gabe des Zweifels› bezeichnen möchte. Für einen wahren Philosophen gelten die drei Kardinaltugenden der Toleranz: *aporeîn*, *apátheia* und *epochè*, also ‹Zweifel›, ‹Loslösung von den Leidenschaften› und ‹Aussetzung des Urteils›.»

Giacomos Handy klingelt. Jessika ist dran.

«He, wo steckst du denn?», fragt Giacomo. «O nein! … Das darf doch nicht wahr sein! … Und wo bist du jetzt? … Und was hast du ihnen gesagt? … Bellavista? … Der heißt wirklich Bellavista? … Warte, ich frag ihn mal. Aber lass auf alle Fälle dein Handy eingeschaltet.»

Giacomo wendet sich an den Professor. «Jessika wurde festgenommen.»

«Was soll das heißen, ‹festgenommen›?»

«Ich versteh's ja auch nicht so genau. Sie war wohl mit Freunden im Auto unterwegs, und offenbar war dieses Auto geklaut. Jetzt im Moment sitzt sie auf der Wache bei den Carabinieri in Bagnoli fest. Der Chef dort ist anscheinend ein gewisser Capitano Bellavista. Professore, haben Sie zufällig einen Verwandten bei den Carabinieri?»

«Ja, der Sohn einer Cousine von mir.»

«Dann hat der Jessika festgenommen. Wenn Sie mich fragen, sollten wir uns gleich nach Bagnoli aufmachen.»

Während der Fahrt im Taxi und nach einem zweiten Anruf von Jessika kann Giacomo genauer erzählen, was sich zugetragen hat.

«Jessika und Giada wurden heute von zwei Typen zum Picknick nach Bagnoli eingeladen. Ihr Pech war, dass der Wagen, in dem sie unterwegs waren, von den Carabinieri gestoppt wurde. Jessika meint, das Auto sei kurz zuvor von einem der Typen gestohlen worden. Auf der Wache hat sie dann erfahren, dass der Kommandant der Station Bellavista heißt, und so kam sie auf den Gedanken, uns anzurufen.»

Die Diebe waren also die beiden jungen Leute, die der Professor mit Giada in dem Mercedes in der Nähe der Schule gesehen hatte. Die arme Jessika war unschuldig. Nun war es seine Aufgabe, sie aus den Händen der Carabinieri zu befreien.

«Onkel Gennaro! Was machst du denn hier?», fragt der Capitano verwundert.

«Ach nichts. Ich habe nur gehört, dass ihr eine Schülerin von mir verhaftet habt. Deswegen bin ich sofort gekommen.»

«Wir haben sie nicht verhaftet, sondern nur zur Klärung eines Sachverhalts mit auf die Wache genommen», stellt der Capitano klar. «Welche der beiden ist denn deine Schülerin?»

«Jessika Mantovani», antwortet Bellavista, «die Achtzehnjährige.»

«Wieso achtzehn? Die ist doch schon neunzehn. Letzten Sonntag hatte sie Geburtstag.»

Der Professor nimmt die Neuigkeit, dass Jessika bereits neunzehn ist, dankbar zur Kenntnis. Trotz der unerfreulichen Umstände freut er sich, dass er nun kein Mann mehr mit einer achtzehnjährigen Freundin ist. Nein, er ist mit einer Neunzehnjährigen zusammen. Nuancen, gewiss, doch seinen Moralvorstellungen zufolge zählt ein Lebensjahr von Jessika mehr als eines von ihm, ist doch zwischen siebzig und einundsiebzig kein großer Unterschied, zwischen achtzehn und neunzehn aber sehr wohl. Sicher, es war ein Wermutstropfen, dass Jessika ihm ihren Geburtstag verschwiegen hat. Zugegeben, er ist auf einen Sonntag gefallen, aber was hätte es sie gekostet, ihn mal kurz anzurufen! Sie hätte ein Geschenk mehr gehabt, und er hätte ihr zum ersten Mal auch in Giacomos und Peppinos Anwesenheit ein Küsschen geben können.

«Und was geschieht jetzt?», fragt der Professor.

«Du meinst mit dieser Mantovani? Keine Sorge. Gar nichts», antwortet der Capitano. «Der Autodieb ist ja der junge Mann, der am Steuer saß. Er hat sofort alles gestanden. Gerechtfertigt hat er sich damit, er habe zwei Mädchen von der Schule abholen müssen, und da er kein

Auto besitze, habe er sich eben eins ‹ausleihen› müssen, wie er wörtlich sagte. Übrigens hat dieser Bursche bereits einiges auf dem Kerbholz, zumeist Diebstähle dieser Art. Diesmal kommt er bestimmt nicht mehr mit Bewährung davon. Die anderen aber kommen heute noch frei. Ich habe sie bis jetzt noch dabehalten, weil ich ihre Eltern informiert habe. Bei Minderjährigen oder gerade Volljährigen sind wir dazu verpflichtet, deren Erziehungsberechtigte einzuschalten.»

Genau in diesem Moment betritt ein Carabiniere den Raum.

«Capitano, unten wartet Signora Alessandra Mantovani, die Mutter von Jessika Mantovani.»

«Bitte sie ins Wartezimmer», fordert ihn der Capitano auf. Dann, an Bellavista gewandt: «Tu mir den Gefallen, Onkel Gennaro: Kümmre dich doch mal fünf Minuten um die Dame. Ich hab noch ein Wörtchen mit den jungen Leuten zu reden.»

Als der Professor den Raum verlässt, läuft ihm Jessika über den Weg. Hinter ihr Giada und ein fast zwei Meter großer Jüngling. Kaum hat Jessika Bellavista erblickt, will sie sich ihm an den Hals werfen, aber der Professor reagiert flink genug, um sie davon abzuhalten. Er möchte nicht, dass sein Neffe wer weiß was denkt. Denn so rein ist sein Gewissen nicht. Gleichzeitig hört er, wie der lange Lulatsch sogleich beginnt, jede Schuld von sich zu weisen.

«Capitano, ich habe mit der ganzen Sache nichts zu tun. Das ist nur ein flüchtiger Bekannter von mir, ja, eigentlich kenne ich ihn gar nicht. Von Beruf bin ich Basketballspieler, bei Virtus. Ich stand vor dem Gymnasium, um meine Freundin abzuholen, als dieser flüchtige Bekannte vorbeikam und uns alle zu einer kleinen Spritztour einlud. Mehr war nicht.»

«Jetzt setz dich erst mal und wart ab», antwortet der Capitano ein wenig grimmig. «Später kannst du mir alles der Reihe nach erzählen.»

Bellavista ist schockiert. Er hat gehört, wie der Zwei-Meter-Mann von «seiner Freundin» gesprochen hat, und möchte nun allzu gern wissen, ob damit Jessika oder Giada gemeint war. Sicher, er könnte seinen Neffen fragen, aber er befürchtet, sich zu verraten. Schließlich hält er es nicht mehr aus und nimmt seinen Neffen zur Seite. «Du hast eben gesagt, dass der Junge, der den Wagen gefahren hat, vorbestraft ist.»

«Ja, aber nur wegen kleinerer Delikte.»

«Und der andere? Dieser Basketballspieler. Was ist mit dem?»

«Du meinst Jessikas Freund? Nein, der ist sauber. Ein Sportler eben. Der kann gleich gehen.»

Während ihm noch die Worte «Jessikas Freund» in den Ohren dröhnen, widmet er sich nun endlich der unangenehmen Aufgabe, Jessikas Mutter zu unterhalten. Der armen Frau stehen die Tränen in den Augen.

«Ach, Professore, haben Sie gehört? Meine Jessika wurde verhaftet.»

«Nein, Signora, nicht verhaftet, nur zur Klärung eines Sachverhalts einvernommen.»

«Ja, aber wegen eines Autodiebstahls. Welch eine

Schande. Meine Tochter im Verdacht, eine Autodiebin zu sein. Wenn mein Mann das erfährt, ist der Teufel los.»

«Dann verschweigen Sie es ihm eben.»

«Meinen Sie, das geht?»

«Ja, warum denn nicht? Es zwingt Sie ja keiner.»

«Gut, wenn Sie es sagen. Aber Jessika muss in Zukunft besser aufpassen, mit wem sie sich abgibt. Vor allem sollte sie den Kontakt zu dieser Giada abbrechen. Das Mädchen war mir noch nie ganz geheuer. Und dieser Teddyboy, der den Diebstahl begangen hat, soll ihr Freund sein.»

«Werte Signora, heutzutage sagt man nicht mehr ‹Teddyboy›, sondern ‹Macho›.»

«Ja, auch gut. Aber Macho hin oder her, jedenfalls muss Jessika besser aufpassen, in welchen Kreisen sie verkehrt. Einfach so in den erstbesten Wagen einzusteigen ... Ach ja, Professore, ich habe mir gedacht, bei dem Problem können Sie mir vielleicht helfen. Wissen Sie, ich finde ja einfach keinen Draht mehr zu meiner Tochter. Wie soll ich nur mit ihr reden, wenn sie mir nicht zuhört? Ich brauche nur zu sagen: ‹Jessika, ich muss mit dir sprechen›, schon dreht sie sich um und lässt mich stehen. Sie sind meine letzte Hoffnung. Das habe ich eben noch gedacht, als ich mit dem Taxi hierher gefahren bin. Der Einzige, der mir noch helfen kann, habe ich gedacht, ist Professor Bellavista. Sie müssen sich Jessika mal vornehmen und unter vier Augen ein ernstes Wort mit ihr reden. Erklären Sie ihr, mit wem sie sich abgeben darf, welche Freundschaften sie suchen soll und so weiter. Stellen Sie sich einfach vor, sie sei Ihre Tochter. Kümmern Sie sich ein wenig um sie. Am besten bitten Sie sie, vielleicht unter dem Vorwand, ihr einen Gedichtband zeigen zu wollen, in den nächsten Tagen mal zu sich und reden dann ganz offen mit ihr. Ich flehe Sie an, das dürfen Sie mir einfach nicht abschlagen.»

19

Freud

«Übers Wochenende fährt Saverio nach Torre del Greco», sagt Bellavista zu Jessika. «Dann haben wir die Wohnung ganz für uns allein.»

«Tut mir Leid, Süßer, aber unsere Story ist beendet», antwortet sie.

«Was soll das heißen, ‹beendet›?»

«Dass es cool war, vielleicht sogar geil, aber jetzt ist es aus. Ich hab keinen Bock mehr. Punkt, stop, crash, finish.»

«Und das sagst du mir einfach so ins Gesicht?»

«Wie soll ich's dir denn sonst sagen? Soll ich mich vor dir auf die Knie werfen? In zehn Minuten kommen Peppino und Giaggià. Wann soll ich's dir sonst sagen, wenn nicht jetzt?»

Verständlicherweise stürzt diese Ankündigung den Professor in abgrundtiefe Verzweiflung. Eigentlich wollte er heute über Freud dozieren, aber wie soll er das anstellen, da alle beide, sein Bewusstes und sein Unbewusstes, nun schwer angeschlagen sind?

Die beiden anderen treffen ein. Giacomo bemerkt sofort, wie niedergeschlagen Bellavista ist.

«Professore», fragt er, «was ist mit Ihnen? Wenn Sie sich nicht gut fühlen, kommen wir eben morgen wieder.»

«Nein, danke, Giacomo, mir geht's prächtig. Aber jetzt wollen wir keine Zeit mehr verlieren. Heute sprechen wir über Freud.»

«Dauert das lange?», will Peppino wissen, auf den wie üblich ein Fußballspiel wartet.

«Ach, wollte man Freud erschöpfend behandeln, würde ein ganzes Jahr nicht ausreichen. Ich will aber nur versuchen, euch seine grundlegenden Gedankengänge zu erläutern, jene also, die ihn berühmt gemacht haben. Beginnen will ich damit, dass wir nach Freud in diesem Raum hier nicht zu viert sind, sondern zu acht, ja vielleicht sogar zu zwölft. Peppino zum Beispiel würde Freud gleich dreimal sehen: als den ‹bewussten Peppino›, den ‹verdrängten Peppino› und den ‹latenten Peppino›. Allerdings kann man die letzten beiden Peppinos auch als eine einzige Person sehen, und zwar als den ‹unbewussten Peppino›.»

«Heilige Madonna», ruft Jessika aus, «drei Peppinos! Ich brech zusammen. Also einer ist mir schon mehr als genug.»

«Und ich sehe auch bloß eine Jessika», erwidert Peppino wie aus der Pistole geschossen, «und zwar die ‹bescheuerte Jessika›!»

«Kinder, jetzt reicht's», geht Bellavista mit lauter Stimme dazwischen. «Wenn ihr euch beschimpfen wollt, bitte schön, aber dann draußen. Also, wenn ihr erlaubt, fahre ich jetzt fort. Wie gesagt, behauptet Freud, dass es in jedem Menschen noch ein weiteres Individuum gibt, das so genannte unbewusste Ich, das sich seinerseits aus einem verdrängten Ich und einem latenten Ich zusammensetzt.»

«Was ist denn nun der Unterschied zwischen dem latenten und dem verdrängten Ich?», will Giacomo wissen.

«Nun, das latente Ich hat einfach einige Dinge nicht jederzeit parat, während sich das verdrängte Ich, auch wenn es wollte, an gewisse Geschehnisse partout nicht erinnern kann.»

«Kann man denn dem verdrängten Ich nicht irgendwie auf die Sprünge helfen?»

«Doch das kann man. Aber das ist die Aufgabe eines Psychoanalytikers. Freud war ja der Erfinder der Psychoanalyse, das heißt einer speziellen Methode zur Erforschung der Seele.»

«Sie meinen wohl, einer Methode zur Behandlung von Durchgeknallten?», vereinfacht Peppino die Sache.

«O nein, das ist etwas anderes. Das ist Aufgabe der Psychiatrie. Die Psychoanalyse ist ganz unabhängig von allen anderen diagnostischen oder therapeutischen Verfahren. Mittels Psychoanalyse werden keine Geisteskranken geheilt, sondern gesunde Menschen, oder besser, jene, die sich für gesund halten, in Wahrheit aber, ohne es zu wissen, krank sind. Nach Freud gibt es keinen einzigen Menschen auf Erden, der nicht irgendwie krank ist. Und es gibt nur einen Weg, ihm zu helfen: Man muss ihm sein Unbewusstes bewusst machen. Vor Freud war es ja so, dass der Arzt den Patienten einer Reihe körperlicher Untersuchungen unterzog und ihm Fragen stellte. Mit der Psychoanalyse rückte nun aber der Patient selbst in den Mittelpunkt. Ein wirklich guter Psychoanalytiker macht eigentlich gar nichts: Er hört bloß schweigend zu und wartet, dass sich das Unbewusste von selbst rührt.»

«Und das funktioniert?», fragt Giacomo.

«Nun, immerhin wird diese Methode seit über hundert Jahren praktiziert. Irgendetwas muss also dran sein. Freud entdeckte diese Methode übrigens bei einer Patientin, die ihn nach einer anstrengenden Befragung plötzlich aufforderte: Hören Sie, Doktor, tun Sie mir einen Gefallen, halten Sie jetzt mal den Mund und fassen Sie mich nicht mehr an. Und dann erzählte sie ungefähr zwei Stunden am Stück, was ihr auf der Seele lag. Freud hörte bloß zu und entdeckte auf diese Weise die Ängste, die die Dame quälten. Was war geschehen? Emmys Unbewusstes hatte das Gefühl, allein zu sein, und aus dieser Sicherheit heraus von seinen Problemen zu erzählen begonnen. Und das erklärt auch, warum der Psychoanalytiker während der Sitzungen hinter dem Patienten Platz nimmt: Das Unbewusste soll ihn nicht sehen.»

«Um es mit meinen Worten zu sagen», folgert Peppino, «der Psychoanalytiker verarscht das Unbewusste.»

«Die Ausdrucksweise ist zwar alles andere als wissenschaftlich, trifft aber ganz gut die Sache», muss Bellavista einräumen. «Freud sagt: Die Unterteilung der Psyche in Bewusstes und Unbewusstes ist die Grundlage für jede seriöse Psychoanalyse. Begeht nun aber nicht den Fehler, das Verdrängte mit dem Unbewussten zu verwechseln oder etwa gar gleichzusetzen. Zu diesem Punkt hat Freud in seinem Werk *Das Ich und das Es* klar und deutlich festgestellt: Jede Verdrängung geschieht unbewusst, aber nicht alles Unbewusste ist Verdrängung. Habt ihr verstanden?»

«Nein», erklärt Peppino mit einem Seufzer.

«Ein wenig Geduld, gleich wirst du es verstehen», macht ihm Bellavista Mut. «Stell dir die Psyche als große Torte vor. Das Bewusste ist die Creme obendrauf, das Unbewusste sind die Erdbeeren darunter. Das Problem ist nun, wie komme ich an die Erdbeeren heran, ohne mich von der Creme ablenken zu lassen? So ergibt sich die Frage: Wer bestimmt unser Handeln? Die Creme oder die Erdbeeren? Das Bewusste oder das Unbewusste?»

«Was meinen Sie denn, Professore?»

«Nun, das hängt ganz von unserer jeweiligen Situation ab. Unter normalen Umständen – Freud möge es mir nachsehen, wenn ich hier den Begriff ‹normal› verwende –, ist das Bewusste Herr im Haus und lässt dem Unbewussten nur wenig Spielraum. Es kann sich dann höchstens auf indirektem Wege zeigen, in der so genannten Fehlleistung, im Traum oder auch im Witz. Ist das Individuum aber von einer starken Emotion ergriffen, sagen wir von einem hysterischen Anfall, einem großen Schmerz oder großer Verliebtheit, übernimmt das Unbewusste das Szepter.»

«Professore, könnten Sie das vielleicht an einem Beispiel klarer machen?», bittet Giacomo.

Bellavista überlegt ein wenig und versucht es dann mit einem hypothetischen Fall.

«Nehmen wir mal an, ich würde mich in Jessika verlieben ...»

«Annehmen ist gut, Professore», kichert Peppino, «aber bitte, nehmen wir ruhig mal an.»

«Das heißt, ich sehe in ihr nicht nur ein schönes Mädchen, sondern träume jede Sekunde, Tag und Nacht, von ihr. Wie würdet ihr nun meinen Zustand bezeichnen?»

«Als Megaverblödung», antwortet Peppino wie aus der Pistole geschossen.

«Sagen wir lieber, Sie hätten den Kopf verloren», verbessert ihn Giacomo höflich.

«Ja, eben, und das bedeutet ja nichts anderes, als dass ich meinem Unbewussten das Feld überlassen habe», führt Bellavista weiter aus. «Von diesem Moment an wäre jedes Wort von mir, jede Handlung, jeder Gedanke der Kontrolle meines Bewusstseins entzogen.»

«Wenn Sie erlauben», fällt ihm Jessika ins Wort, «dann kommt doch in diesem Fall auch mein Bewusstsein ins Spiel, und wer sagt denn, dass sich mein Bewusstsein dem Ihren unterordnen muss, nur weil Sie zufällig mein Lehrer und ich Ihre Schülerin bin?»

«Da ist was dran», antwortet Bellavista, «doch in diesem Fall wäre es nicht dein Bewusstsein, das mich abweist, sondern dein Unterbewusstsein. Um größere Erfolgsaussichten bei dir zu haben, müsste ich vielleicht auf andere Reize setzen, verborgenere, entlegenere, wie zum Beispiel den Ödipuskomplex.»

«Professore», unterbricht ihn Jessika erneut ein klein wenig boshaft, «nehmen Sie's mir nicht übel, aber das brächte Ihnen auch nichts. Bei mir sind nämlich Bewusstsein und Unterbewusstsein ein Herz und eine Seele. Ich kenn mich doch, und wenn mir irgendwas nicht passt, dann passt's mir eben nicht. Schluss, aus! Und glauben Sie mir, kein Ödipus der Welt würde mich dazu bringen, meine Meinung zu ändern.»

Dieser letzte Satz trifft Bellavista wie ein Schlag in die Magengrube. Der Ärmste versucht mühsam, sich wieder zu sammeln. Er steht auf und tut so, als suche er ein Buch im Regal hinter sich, hustet dann ein paar Mal und setzt sich wieder, darauf hoffend, dass zumindest

Giacomo und Peppino seine Verstörung nicht bemerkt haben. Schließlich bleibt ihm nichts weiter übrig, als mit dem Unterricht fortzufahren.

«Freud hat sich ausgiebig mit der Sexualität beschäftigt, so sehr, dass er sich den Vorwurf zuzog, davon besessen zu sein. Seiner Ansicht nach werden alle Menschen von zwei Hauptantrieben beherrscht, der Libido und dem Todestrieb. Also von Eros und Thanatos. Dem Trieb, Leben weiterzugeben, und dem Trieb, Leben zu zerstören.»

«Um noch einmal zum Beispiel von vorhin zurückzukommen», wirft Giacomo ein, «Sie würden also gerne mit Jessika schlafen, um ihr ein Kind zu machen, oder, falls sie sich verweigert, sie töten ...»

«... oder mich töten», stellt Bellavista klar. «Der Todestrieb, sagt Freud, ist in jedem Menschen wirksam. Aber macht euch keine Sorgen: Ich habe keineswegs vor, meinem Leben ein Ende zu setzen. Jedenfalls spielt die Sexualität in der Psychoanalyse eine fundamentale Rolle. Während sie für die traditionelle Medizin mit dem Fortpflanzungsprozess zusammenfällt, gibt es für Freud keine menschliche Handlung, die nicht irgendwie durch die sexuelle Lust bedingt ist. Selbst die Beziehung, die zwischen dem Analytiker und dem Patienten aufgebaut wird, ist sexueller Natur.»

«Mit anderen Worten: Wir denken doch alle nur an das Eine», bemerkt Peppino. «In diesem Punkt jedenfalls bin ich mit Freud einer Meinung.»

«Als Gegenpol zu dem ‹Einen›, wie Peppino sagt, gibt es aber auch das Verlangen zu sterben», fügt Bellavista hinzu.

«Und hier kann ich Freud absolut nicht mehr folgen»,

stellt Peppino klar, «mit diesem Todestrieb liegt der Mann echt voll daneben.»

«Finde ich auch», erklärt Jessika mit skeptischer Miene, «und nicht nur was den Tod, sondern auch was das Leben betrifft. Für mich spielt Sex nicht die ganz große Rolle. Wenn's sein muss, könnte ich auch ein Jahr drauf verzichten. Sicher, wenn man das Glück hat und lernt einen absolut geilen Typen kennen, können sich die Dinge auch schlagartig ändern. Aber bei der Auswahl hier im Verein ist damit ja wohl nicht zu rechnen.»

Und damit lässt sie den Blick über Peppino und Giacomo zu Bellavista schweifen.

20

Eifersucht

Oscar Carboni sang in den Vierzigerjahren:

No, non è la gelosia,
ma è la passione mia.
Quando ti guardano gli altri
io tremo per te.
La tua bellezza la voglio
*soltanto per me.**

Und auch Professor Bellavista war eifersüchtig, eifersüchtig auf diesen jungen Kerl, den er bei den Carabinieri in Bagnoli gesehen hatte. Mittlerweile gab es keinen Zweifel mehr: Nicht nur dieser Basketballer selbst hatte es behauptet, nein, auch Peppino hatte ihm bestätigt, dass Gianluca (so hieß er) ganz offiziell Jessikas neuer Freund war. Die ganze Schule wusste davon, und Jessika wurde von ihren Klassenkameradinnen nicht wenig beneidet. Versetzen wir uns einmal in ihre Lage: Sie hatte sich entscheiden müssen zwischen einem zwei Meter großen Basketballspieler mit schwarzem Haar und

* Nein, es ist keine Eifersucht, / sondern meine Leidenschaft. / Wenn andere dich anschauen, / zittere ich um dich. / Ich will deine Schönheit / ganz allein für mich. (A. d. Ü.)

grünen Augen und einem in Ehren ergrauten älteren Herrn mit einem Bäuchlein und hübschen Speckrollen auf den Hüften. Was hätte sie anderes tun sollen? Sich für die Kultur entscheiden? Nie im Leben! Jessika war Kultur vollkommen gleichgültig, besser, um es mit ihren Worten zu sagen: Kultur war ihr scheißegal. Aber warum hatte sie sich überhaupt auf ihn eingelassen? Wer mochte das schon wissen? Wahrscheinlich hatte sie die Tatsache amüsiert, dass er der Lehrer und sie die Schülerin war, oder vielleicht hatte sie der enorme Altersunterschied neugierig gemacht. Sie mochte sich gedacht haben: «Versuchen wir's mal mit dem Grufti. Mal sehen, wie das so ist.» All das wusste Bellavista sehr genau. Doch die Vorstellung, dass dieser Lulatsch mit ihr ins Bett ging, tat deshalb nicht weniger weh.

Er hatte ja noch mehrmals versucht, sie in Saverios Wohnung zu locken, aber sie hatte immer wieder abgelehnt, mal, weil sie ein Basketballspiel anschauen wollte, mal, weil sie mit ihrer Mutter die Oma besuchen musste, wieder ein anderes Mal, weil sie zu müde war. Bis sie ihm dann, anlässlich der Stunde über Freud, ganz offen ins Gesicht gesagt hatte: «Tut mir Leid, Süßer, aber unsere Story ist beendet.»

Dieser Satz ging ihm nun nicht mehr aus dem Sinn. Es hatte ihn wie einen Boxhieb ins Gesicht getroffen. Nachts fand er keinen Schlaf mehr. Warum, so fragte er sich, war ihre Geschichte beendet? Was war geschehen? Wo hatte er einen Fehler gemacht? Um ihm die Sache noch deutlicher zu machen, hatte sie dann noch eine ganze Reihe sinnloser Wörter nachgeschoben, so wie «Punkt, stop, crash und finish». Das war nun wirklich kein schöner Zug gewesen. Etwas verständnisvoller oder einfach menschlicher hätte sie sich schon verhalten können. Sie hätte ja sagen können, dass sie sich in einen anderen verliebt hat. Aber nein.

Dann eines Nachmittags, als Giacomo einen Moment ins Bad gegangen und Peppino überhaupt nicht zum Unterricht gekommen ist, bittet er sie um eine genauere Erklärung.

«Stimmt das, dass du mit Gianluca zusammen bist?»

«Ach ja, als Spieler ist der voll geil. Der macht die meisten Punkte in seiner Mannschaft.»

«Ich habe dich nicht gefragt, wie viele Körbe er wirft, sondern lediglich, ob du mit ihm zusammen bist.»

«Zunächst einmal geht dich das einen Scheißdreck an», antwortet sie, unzugänglicher denn je. «Aber wenn dir diese Erklärung nicht reicht, kannst du ihn ja immer noch zum Duell herausfordern. Wenn ich mich nicht irre, hat man zu deiner Zeit solche Probleme auf diese Weise gelöst.»

«Nein, meine Liebe, zu meiner Zeit war es so, dass ein Mädchen, dass mit mehreren Männern ins Bett ging, als Nutte galt. Und damit hatte sich die Sache.»

«Kompliment», antwortet sie. «Durch den Umgang mit Peppino machst sogar du Fortschritte.»

Schließlich hält es Bellavista nicht mehr aus und erzählt seinem alten Freund Cazzaniga von seinen Sorgen.

«Renato, das Alter ist eine große Ungerechtigkeit.»

«Ja, da hast du Recht, mein lieber Gennaro», antwortet Cazzaniga. «Unser Problem ist, dass wir nicht mehr so jung sind, wie wir uns fühlen. Und du, gib es ruhig zu, fühlst dich ja höchstens als Achtzehnjähriger. Mir geht es da etwas besser. Ja eigentlich habe ich mich sogar an mein tatsächliches Alter gewöhnt, und manchmal, glaub mir, bin ich sogar stolz darauf. Wenn mich jemand fragt, verschweige ich kein einziges Lebensjahr, wobei ich darauf hoffe, dass mein Gegenüber antwortet: ‹Fünfundsechzig? Nicht zu glauben. Da haben Sie sich aber gut gehalten.›»

«Mach keine Witze», antwortet Bellavista verbittert. «Im Moment gäbe ich alles dafür – Geld, akademischen Titel, Intelligenz, Bildung –, um dreißig Jahre jünger zu sein. Dann könnte dieser Gianluca ruhig kommen. Der hätte keine Chance mehr.»

«Wer ist denn Gianluca?»

«Jessikas neuer Freund: ein zwei Meter großer Basketballspieler.»

«Na wenn schon. Damit musstest du doch rechnen. Ja, soll ich dir mal was sagen? Eigentlich müsstest du dich freuen. Vielleicht war das die einzige Möglichkeit, dich wieder zur Vernunft zu bringen.»

«Nein, da täuschst du dich aber gewaltig. Seit ich diesen Jungen gesehen habe, denke ich nur noch daran, wie die beiden zusammen sind. Gestern habe ich ihnen sogar aufgelauert.»

«Was meinst du mit ‹aufgelauert›?»

«Nun, ich habe mitbekommen, wie Jessika über Handy mit jemandem gesprochen und sich für Punkt acht Uhr vor dem Kino Santa-Lucia verabredet hat. Mir war ziemlich klar, dass sie mit ihm geredet hat, und bin auch hingegangen.»

«Im Ernst? Und wenn sie dich bemerkt hätten?»

«Das konnten sie ja nicht: Unter dem Vorwand, telefonieren zu müssen, habe ich das Restaurant Ettore betreten, von wo aus ich den Kinoeingang überblicken konnte. Zunächst kam sie, kurz darauf er. Vorsichtshalber habe ich noch ein paar Minuten gewartet, dann bin ich ihnen nach. Es lief ein entsetzlicher Film, so ein Machwerk am Rande der Pornographie. Zu allem Überfluss hat mich die Frau an der Kasse auch noch gefragt, ob ich einen Seniorenausweis hätte, wegen der Ermäßigung, ich habe verneint, weil ich nicht wollte, dass man mich für einen alten Mann hält. Im schon verdunkelten Saal hatte ich dann große Mühe, die beiden ausfindig zu machen. Schließlich entdeckte ich sie aber und setzte mich auf einen Platz drei, vier Reihen hinter ihnen, sodass ich sie die ganze Zeit beobachten konnte, ohne Gefahr zu laufen, selbst bemerkt zu werden.»

«Und als das Licht anging …, in der Pause …, was hast du da getan?»

«Ich hab mich hinter einer Zeitung verschanzt. Ich hatte den *Corriere della Sera* dabei, der, wie du weißt, ein großes Format hat. Denk immer dran, Renato, wenn du selbst mal jemanden zu beschatten hast, nimm immer einen *Corriere della Sera* mit!»

«In solch eine Lage werde ich wohl niemals kommen. Aber was ist dann geschehen?»

«Eine Zeit lang gar nichts. Dann, nach der Pause, haben sie alle Scham abgelegt und sich fortwährend umarmt und geküsst. Du kannst dir gar nicht vorstellen, wie ich gelitten habe! Irgendwann hielt ich es nicht mehr aus und ging raus. Und jetzt rate mal, wen ich vor dem Kino treffe? Peppino, meinen Schüler Peppino, der sich mit der Philosophie so schwer tut.»

«Was hat er denn zu dir gesagt?»

«Ach, nichts Besonderes. Nur: ‹He, Prof, ich wusste gar nicht, dass Sie solche Filme auch geil finden.›»

21

Lob der Dusche

Die Bar ist gerammelt voll, und alle unterhalten sich über Politik. Nicht dass in Neapel Politik so in Mode wäre, doch hin und wieder, alle paar Jahre mal, besonders vor den Regionalwahlen, kann sie durchaus zum beliebtesten Gesprächsthema werden.

«Natürlich frage ich dich nicht, wen du wählen wirst», sagt Cazzaniga zu Bellavista, während er seinen Kaffee im Glas schlürft. «Doch offen gestanden wollte ich schon immer gern mal wissen, wie du nun wirklich denkst. Wenn man dir so zuhört, kommt man nie dahinter, ob du rechts oder links stehst.»

«Aber das habe ich dir doch kürzlich erst erklärt», erwidert der Professor erstaunt. «Meine Partei ist die PLW, die ‹Partei des lauwarmen Wassers›. Meiner Ansicht nach liegen die Dinge folgendermaßen: Zwei Grundbestrebungen sind in der Politik vorherrschend, der Egoismus und die Solidarität. Marx tat schlecht daran, die positiven Seiten des Egoismus zu unterschätzen.»

«Aber wie kannst du behaupten, Egoismus sei positiv?»

«Das will ich dir erklären. Nehmen wir als Beispiel mal uns drei Freunde: Doktor Passalacqua, du und ich. Ich bin nun ein ausgemachter Egoist und will mehr verdienen als du, aber auch du bist sehr egoistisch eingestellt und willst mehr verdienen als ich. Von Passalacqua ganz zu schweigen: Der ist der größte Egoist von uns allen und möchte mehr verdienen als du und ich zusammen. Mit anderen Worten: Jeder von uns dreien will mehr als die anderen verdienen, und um dies zu erreichen, legt sich jeder mächtig ins Zeug. Und das mehrt das Bruttosozialprodukt und damit schließlich den Reichtum unseres Landes. Das ist die Ideologie des Marktes, oder, wenn du so willst, die Antriebskraft der Rechten. Schließlich sind alle Staaten, die den Egoismus als Entwicklungsmodell angenommen haben, sehr reich geworden, während die anderen, die auf Solidarität setzten, wie etwa Rumänien, die Sowjetunion, Bulgarien oder Albanien, furchtbar verarmt sind.»

«Und du meinst wirklich, daran sei das Prinzip der Solidarität schuld?», fragt Cazzaniga.

«Zweifellos. Die Anhänger der Solidarität sehen die Sache ja ganz anders. Die sagen zu den Egoisten: ‹Was fällt euch denn ein? Ihr wollt alles nur für euch allein! Und wo bleiben die Notleidenden? Wo bleiben die Behinderten? Was soll aus jenen werden, die nicht das Glück hatten, studieren zu können? Sollen die Hungers sterben? Nein, da ist es doch besser, wir sind alle gleich – alle gleich abhängig vom Staat.› In diesem Fall aber sind die Menschen nicht mehr gezwungen, den Nachbarn zu überflügeln, und begnügen sich mit ihrem bescheidenen Gehalt, wodurch der Markt schließlich mehr und mehr verfällt. Mit anderen Worten, die Leute verhalten sich alle wie kleine Beamte.»

«Gut, einverstanden, aber es gibt ja auch Mittelwege», gibt Cazzaniga zu bedenken.

«Eben. Und hier kommt meine Partei, die PLW, die ‹Partei des lauwarmen Wassers›, ins Spiel. Die Wahlen stehen bevor, und die Bürger sind aufgerufen, sich zwischen Egoismus und Solidarität, also zwischen rechts und links, zu entscheiden. Die Wahlkabine, so wie ich sie mir vorstelle, müsste so ähnlich wie eine Duschkabine beschaffen und mit zwei Wasserhähnen ausgestattet sein. Der erste mit der Aufschrift ‹Egoismus›, der zweite mit ‹Solidarität›. Nun überdenkt der Wähler die gegebene politische Situation und verhält sich dementsprechend. Das heißt, wenn er glaubt, seine Regierung habe es in den fünf Jahren, die sie an der Macht ist, in punkto Solidarität zu gut gemeint, also mit Renten, Gesundheitssystem, Arbeitslosengeldern und dergleichen, dreht er am rechten Wasserhahn, andernfalls am linken, und probiert dann so lange hin und her, bis das Wasser genau die richtige Temperatur hat. Kurzum, ich halte es mit Kleobulos, jenem Philosophen, der an den Tempel von Delphi schrieb: ‹Am besten ist das rechte Maß.›»

«Die Schwierigkeit besteht nun darin», gibt Cazzaniga zu bedenken, «dieses rechte Maß festzulegen. Wie denken zum Beispiel deine Schüler darüber? Was wählen sie?»

«Offen gesagt, weiß ich das nicht», antwortet Bellavista. «Aber sie sind jung, und bekanntermaßen wird der Mensch als Revolutionär geboren und stirbt als Feuerwehrmann. Wie sagte doch Ennio Flaiano ganz richtig: ‹Die Jugend will stets Barrikaden bauen, nimmt dafür aber am liebsten die Möbel anderer Leute.› Auf alle Fälle haben sie wohl nichts für lauwarmes Wasser übrig. Wenn sie könnten, würden sie sich für eiskaltes oder kochend heißes Wasser entscheiden. Jessika ist neunzehn, müsste also schon wählen gehen. Ich weiß gar nichts über die politische Einstellung meiner Schüler. Vielleicht frage ich Jessika am Dienstag mal, was sie gewählt hat. Dann sag ich's dir. Allerdings fürchte ich, dass sie ihre Stimme verschenkt. Sie sieht nämlich zu viel fern. Möglicherweise hat sie abends mal einen Politiker gesehen, der sich ein wenig besser als seine Rivalen ausdrücken konnte, und entscheidet sich für den. Wenn man sich's recht überlegt, ist das Fernsehen eine echte Gefahr für die Demokratie. Damit lassen sich die Menschen viel zu leicht in eine bestimmte Richtung lenken. Ich meine, was gehört schon dazu, das Fernsehpublikum in Angst und Schrecken zu versetzen, indem ständig über Verbrechen berichtet wird? Die Schwierigkeit liegt ja nicht darin, Dinge, die nicht in Ordnung sind, anzuprangern, sondern darin, angemessene Maßnahmen dagegen zu finden. Ich will dir ein Beispiel geben: Würde ich dich jetzt fragen: ‹Was ist schlechter: ein Unschuldiger im Gefängnis oder ein Verbrecher auf freiem Fuß?›, was würdest du antworten?»

«Da muss ich nicht lange überlegen: natürlich ein Unschuldiger im Gefängnis.»

«Und wenn ich dich nun frage: ‹Was ist schlechter: ein Unschuldiger im Gefängnis oder hundert Verbrecher auf freiem Fuß?›»

«Nun … in diesem Fall … würde ich sagen: besser ein Unschuldiger im Gefängnis.»

«Du siehst also, das Problem ist nicht, links oder rechts zu sein, sondern sich auf das rechte Maß zu einigen. In meinem Beispiel muss sich der ‹Schutz der Grundrechte›, der immer schon ein wichtiger Punkt für die Linken war, mit der ‹Ordnung› ins Benehmen setzen, die wiederum eine Hauptforderung der Rechten ist. Und denk daran, was ich dir jetzt sage: Die nächsten Wahlen wird *die* Partei gewinnen, die am lautesten Sicherheit und Ordnung verspricht.»

«Ich hätte da eine andere Lösung.»

«So? Welche denn?», fragt Bellavista neugierig.

«Ich würde mich auf die Elektronik verlassen. Mein Motto ist: ‹Die Informatik wird uns retten.›»

«Die Arbeit bei Alfa hat dir das Gehirn vernebelt. Seit sie dich damals zum Chef der elektronischen Abteilung gemacht haben, hast du keinen klaren Gedanken mehr gefasst.»

«Hör mir einfach zu, und du wirst sehen, dass ich Recht habe», fährt Cazzaniga ungerührt fort. «Wovor fürchtet sich der italienische Durchschnittsbürger am meisten? Nun, ich denke, Opfer eines Verbrechens zu werden. Auf der Straße oder in seinem Treppenhaus überfallen und mit der Pistole bedroht zu werden, vielleicht auch mit einer Nadel oder einem simplen Taschenmesser. Mir hat mal jemand gesagt: ‹Wenn das so weitergeht, laufen wir in ein paar Jahren alle bewaffnet durch die Gegend.› Kannst du dir das vorstellen, wie ich mit der Pistole in der Hand aus meiner Wohnung trete?»

«Offen gestanden, nein», antwortet Bellavista lächelnd, «du hast ziemlich wenig von John Wayne.»

«Ja, in der Tat, ich habe nur einmal in meinem Leben geschossen, und zwar vor achtzehn Jahren an einer Schießbude auf dem Jahrmarkt. So schlecht ich aber mit einer Waffe umgehen kann, so unschlagbar bin ich mit der Fernbedienung. Wenn es gilt, auf einen anderen Sender zu gehen, bin ich so fix wie kein Sheriff im Wilden Westen. Daher mein Vorschlag: Stecken wir uns doch alle eine Fernbedienung in die Tasche oder ein Satellitenhandy, kurzum, ein elektronisches Gerät, das unsere Position auf drei Meter genau angeben kann. Werde ich von einem Verbrecher bedroht, drücke ich auf eine Taste, und gleich wird eine Botschaft losgeschickt, wie etwa: ‹Hilfe, Hilfe, ich heiße Renato Cazzaniga und befinde mich in der Via Petrarca, Ecke Via Stazio. Ein bewaffneter Mann bedroht mich. Kommen Sie schnell und helfen Sie mir.› Und schon rast der nächste Streifenwagen zu mir und rettet mich.»

«Eben da liegt aber auch das Problem. Wer sagt denn, dass immer ein Streifenwagen in der Nähe ist?», gibt Bellavista mit betrübter Miene zu bedenken. «Dafür gibt es einfach zu wenige. Will der italienische Staat das ganze Land flächendeckend überwachen, wird er irgendwann seine Polizeikräfte verstärken müssen, vielleicht, indem er sie beim Heer abzieht.»

«Dann bist du also ein Freund der Ordnung?»

«Zweifellos, aber natürlich nur in einem bestimmten Rahmen.»

«Ich verstehe: Du willst mir also nicht sagen, wen du wählen willst», schlussfolgert Cazzaniga. «Aber dann sag mir doch wenigstens, was du früher so gewählt hast.»

«Fast immer die Republikanische Partei. Das erste Mal noch in den Fünfzigerjahren. Da wählte ich Ugo Malfa, und zwar nur deshalb, weil meine Freunde ihn nicht mochten. Als Politiker war La Malfa ja wirklich eine Katastrophe: Der Mann sagte doch tatsächlich immer die Wahrheit. Nie habe ich von ihm gehört, dass er zum Beispiel eine Million neuer Arbeitsplätze versprach. Er war dermaßen pessimistisch, dass man ihn schon Kassandra nannte. Aber das waren noch andere Zeiten. Damals gab es noch eine glatte Trennung in verschiedene Lager. Man war entweder für die einen oder für die anderen, also entweder für die USA oder für die Sowjetunion, und unseren heutigen Wohlstand verdanken wir einer Gruppe weit blickender Politiker wie eben La Malfa, De Gasperi, Ruini und Bonomi, die sich Gott sei Dank auf die richtige Seite schlugen. Hätten sie damals anders entschieden, säßen wir beide heute in einem Schlauchboot mit Kurs nach Frankreich.»

«Nun, du wirst es nicht glauben», sagt Cazzaniga leise, damit ihn der Mann hinter der Theke nicht hört, «aber meine Eltern in Mailand wählen tatsächlich die Lega Nord. Ganz zu schweigen von meinem Bruder: Der kandidiert sogar für sie.»

«Wer, Osvaldo? Der Diplomkaufmann? Den du mir letztes Jahr Weihnachten vorgestellt hast? Das kann doch nicht sein. Mir schien er ein sehr anständiger Mensch zu sein.»

«Das ist er auch. Aber in politischen Fragen redet er wirres Zeug. So ist er zum Beispiel überzeugt, dass die Menschen der Poebene Angehörige einer höheren Rasse seien. Die sollen von den Kelten abstammen. Im Grunde ist es aber nur so, dass er die Römer nicht ausstehen kann. Ja, die hasst er richtig!»

«Dann sag ihm, als die Vorfahren der Menschen der Poebene noch auf den Bäumen hockten, da kannten die

Vorfahren der heutigen Römer sogar schon die Homosexualität.»

«Das glaubt er gern.»

«Dann sag ihm, auch um schwul zu werden, ist eine gewisse Verfeinerung des Geschmacks vonnöten. Ein Alkibiades, um nur einen Namen zu nennen, ist sicher nicht einfach so auf der Bildfläche erschienen.»

«Da bin ich ganz deiner Meinung», antwortet Cazzaniga ziemlich zerknirscht. «Und soll ich dir mal was sagen? Der schönste Satz, den ich in meinem Leben gehört habe, ist jener, den Einstein damals in sein Einwanderungsformular für die Vereinigten Staaten schrieb. Auf die Frage, welcher Rasse er angehöre, antwortete er: ‹Der menschlichen.› Wenn du mir nun aber wirklich nicht sagen willst, was du wählst, dann sag mir wenigstens, was ich wählen soll.»

«Kommt ganz drauf an: Wenn du dir, wie ich annehme, eine Verschiebung nach rechts wünschst, dann wähle links.»

«Das verstehe ich nun wirklich nicht.»

«Dabei ist es so einfach! Nur eine Linksregierung kann einen kleinen Rechtsrutsch bewirken. Die Linken sind die Einzigen, die die Gewerkschaften im Zaum halten können. Hätten wir statt D'Alema in den letzten Jahren eine von Berlusconi geführte Regierung gehabt, hätte es wohl einen Generalstreik gegeben. Und stell dir nur vor, was passiert wäre, wenn unsere Beteiligung am Kosovokrieg unter Berlusconi beschlossen worden wäre!»

Beim Wahllokal angekommen, stellen unsere Freunde fest, dass sie die ersten Wähler sind. Dabei ist es schon nach halb zehn.

«Also, wenn du mich fragst», meint Cazzaniga, «wird die Partei der Nichtwähler diese Wahl gewinnen. Und dabei haben wir noch Glück, dass es nicht regnet.»

«Das glaube ich auch», stimmt Bellavista zu. «Zur Zeit sind die Unterschiede zwischen den Parteien so klein, dass sich niemand mehr aufgerufen fühlt, das Vaterland zu retten.»

«Was willst du damit sagen? Dass bei uns Italienern das politische Bewusstsein verkümmert ist?»

«So wie die Dinge liegen, ist das tatsächlich so», urteilt Bellavista. «Aber sei unbesorgt. Sobald wir wieder einem Feind gegenüberstehen, was weiß ich … einer anderen Nationalmannschaft bei der Fußballweltmeisterschaft …, dann gehen alle wieder mit der italienischen Flagge auf die Straße. Außerdem ist Politikverdrossenheit ein Luxus, den sich nur wenige Länder erlauben können, und wir zählen, dem Himmel sei Dank, dazu. Eine niedrige Wahlbeteiligung ist ein Zeichen für eine große politische Stabilität. Und wenn ich es mir recht überlege, kann ich die Leute, die nicht zur Wahl gehen, sogar verstehen.»

«Wieso das denn?»

«Nun, es gibt doch zwei mögliche Alternativen: Entweder ist die Freiheit des Landes in Gefahr, dann ist es geboten, mit allen erdenklichen Mitteln in den Kampf zu ziehen, mit der Stimme, mit politischem Engagement und im äußersten Fall sogar mit Waffen. Oder es stehen bloß die Parlamentssitze für die Parteien auf dem Spiel, dann aber kann uns die Angelegenheit doch herzlich egal sein.»

«Aber wie soll denn eine Demokratie ohne Wähler funktionieren?»

«Die Frage ist berechtigt», räumt Bellavista ein. «Aber du musst auch das Alter der Wähler in Betracht ziehen. Und da wären wir wieder bei unserem Lieblingsthema: Hat man die siebzig erst mal überschritten, fühlt man sich, wenn man im Fernsehen sieht, wie sich die Politiker in die Haare geraten, an Kinder erinnert, die sich beim Monopoly um die Schlossallee zanken.»

Zurück in der Via Petrarca, werden Bellavista und Cazzaniga von Salvatore empfangen.

«Professore, nicht dass es mich etwas anginge, aber wen haben Sie gewählt?»

«Aber Salvatò», antwortet Bellavista, indem er ein wenig gereizt schnaubt, «abgesehen davon, dass die Wahlen geheim sind, stellst du mir bei jeder Wahl dieselbe Frage. Dabei weißt du es doch: Ich wähle die Republikanische Partei.»

«Die Republikaner!», ruft Salvatore überrascht aus. «Erzählen Sie das lieber nicht herum, sonst werden Sie noch überall ausgelacht. Denn eins ist doch sicher: Weniger Stimmen als die Republikaner wird keine Partei bekommen. Wählen Sie lieber so wie ich. Ich liege immer richtig. Ich weiß noch, bei meiner ersten Wahl, als ganz junger Mann, habe ich für Achille Lauro gestimmt, das heißt für die Partei der Monarchisten, und die haben gewonnen. Danach habe ich immer die Christdemokraten gewählt, und die haben auch immer gewonnen.

Das letzte Mal aber, bei den Kommunalwahlen, habe ich mein Kreuz bei den Kommunisten gemacht, bei Bassolini also, und auch da habe ich gewonnen. Mit anderen Worten, ich habe den sechsten Sinn: Ich weiß auch nicht, wie ich das schaffe, aber ich bin immer bei den Siegern.»

«Und genau das, mein lieber Salvatore, verstehe ich unter politischem Bewusstsein.»

22

Popper

«Professò, gestern Abend hat mein Vater wie jeden Donnerstag ein paar Freunde zum *tresette** eingeladen. Und als sie eine Pause einlegten und in die Küche rübergingen, um einen Happen zu essen, habe ich jeden Einzelnen gefragt, ob er schon mal was von Karl Popper gehört hat. Und glauben Sie mir, alle haben mir dieselbe Antwort gegeben: ‹Popper? Nie gehört.› Wenn man nun bedenkt, dass das alles Männer sind, mein Vater eingeschlossen, die im Leben jede Menge Kohle gemacht haben, können Sie mir dann erklären, warum ich mir ausgerechnet heute Abend, wo Juventus–Barcelona im Fernsehen übertragen wird, diesen Popper reinziehen muss?»

«Ja. Um das ‹richtige Gesicht› zu bekommen.»

«Was meinen Sie mit ‹das richtige Gesicht›?»

«Na ja, wie soll ich's dir erklären, Peppino? Schau mal, wenn ich einen Menschen kennen lerne, erkenne ich schon am Gesicht, ob er in seinem Leben viel gelesen hat oder nicht, ob er was gelernt hat oder nicht. Fast scheint es so, als sei das Lesen und Lernen dazu in der Lage, das Gesicht eines Menschen zu verändern. Dass häufig dann die Bildung, die sich ein Mensch erworben hat, nicht

* Kartenspiel (A. d. Ü.)

mit seinem Einkommen Hand in Hand geht, ist wohl leider wahr. Und hier wären wir wieder bei unserem altbekannten Problem. Was ist besser: an Geld oder an Kenntnissen reich zu sein? Ist es erstrebenswerter, zu haben oder zu sein?»

«Könnte man denn nicht halbe-halbe machen, von beidem etwas?», schlägt Peppino vor.

«Leider nein. Aber für dich gilt, lern erst mal fleißig, und dann reden wir weiter. Nun zu Popper: Er ist der Erfinder der so genannten ‹Falsifikationstheorie›, besser bekannt auch unter dem Sprichwort ‹durch Fehler wird man klug›. Stellt euch vor, ihr seid in einem dunklen Raum und wisst nicht, wo sich der Ausgang befindet. Es bleibt euch also nichts anderes übrig, als euch erst mal in irgendeine Richtung zu bewegen, wohlwissend, dass ihr früher oder später gegen die Wand laufen werdet. Und das müsst ihr so oft wiederholen, bis ihr endlich den Ausgang gefunden habt. Nach Popper müsst ihr euch also zunächst einmal ordentlich den Kopf anschlagen, um schließlich euer Ziel zu erreichen.»

«Bin ich denn allein in diesem Raum?», fragt Giacomo. «Denn wenn nicht, warte ich doch einfach darauf, dass sich ein anderer auf den Weg macht und sich den Kopf anrennt. Und wenn er dann hinausgefunden hat, folge ich ihm. So leicht ist das.»

«Du möchtest also die Fehler anderer ausnutzen», fasst Bellavista zusammen. «Keine schlechte Idee. Eben deswegen sollen wir ja auch lesen und lernen. So erfahren wir, was andere Leute vor uns gemacht haben, und erkennen, wo und warum sie sich geirrt haben. In diesem Zusammenhang hat Popper ein grundlegendes Buch geschrieben, das ich euch allen nur wärmstens ans Herz legen kann: *Vermutungen und Widerlegungen.*»

«Und was sagt er in diesem Buch?», will Peppino wissen.

«Er sagt, wenn Jessika eine Vermutung äußert, kann ich sie widerlegen. Dann kann sie eine andere Vermutung äußern, und ich kann sie noch einmal widerlegen, bis schließlich eine dritte Person kommt, Giacomo meinetwegen, und uns alle beide widerlegt. Wichtig ist nur, dass wir alle drei uns mit diesem fortwährenden Vermuten und Widerlegen der Wahrheit annähern.»

«Dem Ausgang also», folgert Peppino.

«Ganz richtig», bestätigt Bellavista. «Und dies ist, stark vereinfacht, Poppers Falsifikationstheorie.»

«Einverstanden, Professore», wirft Jessika ein, «aber Sie gehen einfach von der Voraussetzung aus, dass alle Menschen, mit denen man zu tun hat, in der Lage sind, vernünftig zu denken. Wenn ich es aber nun mit einem Hohlkopf wie Peppino zu tun habe, was soll ich denn da widerlegen? Die Aufstellung der Fußballnationalmannschaft vielleicht?»

«He, kannst du mich nicht endlich mal in Ruhe lassen?», geht Peppino an die Decke. «Ständig krittelst du an mir rum und gehst mir auf die Eier! Außerdem, glaubst du wirklich, ich würde anfangen, ein Flittchen wie dich zu widerlegen, wo ich genau weiß, dass du die einzigen Vermutungen deines Lebens beim Poppen angestellt hast?»

Jessika springt auf und will Peppino eine langen. Giacomo schafft es gerade noch rechtzeitig dazwischenzugehen.

«Ach, Kinder», sagt Bellavista, betrübt den Kopf schüttelnd, «aus eurem Verhalten schließe ich, dass ihr absolut nichts von Popper verstanden habt. Seine ganze Philosophie basiert nämlich auf dem Dialog. Egal, wie richtig oder falsch die Argumente sind, laut Popper helfen sie uns, der Wahrheit näher zu kommen. Wehe aber, wir lassen uns von Emotionen mitreißen. Hier jedoch sieht es mir ganz so aus, als sei zwischen Jessika und Peppino ein emotionaler Konflikt entstanden, und dieser Konflikt, glaubt mir, hilft mit Sicherheit keinem von beiden weiter.»

«Professò», protestiert Peppino, «aber ich hab doch gar nicht angefangen. Sie hat doch gesagt, mit mir ließen sich keine Vermutungen anstellen …»

«Und warum hast du sie ‹Flittchen› genannt?»

«Weil sie eins ist», gibt Peppino zur Antwort, «ich weiß Bescheid, hab aber keine Lust, darüber zu reden.»

Und wieder will Jessika auf Peppino losgehen. Doch dieses Mal packt Bellavista wirklich der Zorn.

«Jetzt reicht's aber endgültig! So kann das nicht weitergehen! Entweder passt ihr jetzt auf und macht mit, oder ihr könnt nach Hause gehen. Entscheidet euch! Ich will kein Wort mehr hören!»

Alle halten die Luft an, und der Professor fährt im Unterricht fort.

«Also, in gewisser Weise erinnert uns Popper an Sokrates. Als der große Philosoph von sich behauptete, nichts zu wissen, und versuchte, durch den Dialog Erkenntnisse zu gewinnen, tat er nichts anderes, als die Unkenntnis mit einem dunklen Raum zu vergleichen und die Dialoge, allesamt aus Frage und Antwort bestehend, mit Vermutungen und Widerlegungen. Denn was war die Mäeutik anderes als die Kunst, den Ausgang zu finden?»

«Wie man's auch dreht und wendet, man kommt immer wieder auf Sokrates zurück», bemerkt Giacomo.

«Tja, das ist wahr», stimmt ihm der Professor zu. «Doch ein wichtiger Punkt muss hier noch angesprochen werden. Und zwar müssen im Dialog, beim Vermuten und Widerlegen, unbedingt bestimmte Regeln beachtet werden. Vor allem ist es notwendig, mit einfachen Worten zu kommunizieren, das heißt, der Sprechende muss sich der Sprache des Zuhörenden anpassen. Wenn du, Giacomo, zum Beispiel mit einem fünfjährigen Kind sprichst, musst du, um dich verständlich zu machen, dessen Sprache benutzen und nicht deine eigene. Sprichst du mit einem Bauern, der nicht lesen und schreiben kann, wirst du wiederum eine andere Sprache benutzen und erneut eine andere, wenn du mit scharfsinnigen Intellektuellen diskutierst. Ganz falsch ist es, nur um Eindruck zu schinden, auf hochgestochene Wörter zurückzugreifen. Das Ziel ist die Kommunikation, das heißt also, vom Gesprächspartner verstanden zu werden. Die zweite Regel lautet, nicht um jeden Preis originell sein zu wollen. Häufig ist es gerade die Suche nach dem Ungewöhnlichen, die uns in die Irre führt.»

«Ja, sicher, das versteht sich doch alles von selbst», wirft Jessika ein. «Aber wie war dieser Popper eigentlich als Mann? Schön oder hässlich, ein Aufreißer oder was sonst?»

«Zunächst einmal sollte man erwähnen, dass er erst kürzlich verstorben ist, 1998, wenn ich nicht irre, im gesegneten Alter von sechsundneunzig Jahren. Vom Äußeren war er ein untersetzter Typ, mit Segelohren und kurzen Beinen, die wirklich so kurz waren, dass seine Füße, wenn er saß, nicht bis zum Boden reichten. Und er hasste das Fernsehen. Er hielt es für eine Gefahr für die Demokratie. In einem Essay sagt er: Fernsehen kann gefährlich sein. Es ist, als höre man Gott selbst sprechen. Und das Schlimmste ist, dass sich diejenigen, die dort reden, irgendwann tatsächlich für Gott halten. Dann fügt er hinzu: Alle, die im Fernsehen zu Wort kommen, müssten zunächst einen Führerschein machen, der sofort eingezogen werden kann, wenn ihr Programm unter ein bestimmtes Niveau sinkt. Als junger Mann war Popper Sozialist, im Alter aber kritisierte er den Marxismus aufs Heftigste und entwickelte sich schließlich zum liberalsten Liberalen, den man sich vorstellen kann. Ach übrigens, ich würde mich freuen, wenn ihr mal in sein Werk *Die offene Gesellschaft und ihre Feinde* reinschauen würdet.»

«Und was schreibt er darin?», fragt Giacomo.

«Da rechnet er mit Platon ab und lässt kein gutes Haar an ihm, besonders im ersten Teil, wo er über den totalitären Platon schreibt.»

«Was erlaubt der Mann sich, den großen Platon zu kritisieren?», bemerkt Peppino, der auch mal geistreich sein will.

«Na ja, manchmal macht uns Platon ja wirklich sprachlos», erklärt der Professor weiter. «Dann könnte man fast glauben, es habe zwei sehr verschiedene Platons gegeben: der des *Symposions*, der über die Liebe philosophiert, und der der *Politeia*, der seine rigiden politischen Anschauungen darlegt. Man hält es nicht für möglich, aber Platons Ideen waren dermaßen undemokratisch, dass die der totalitären Systeme des zwanzigsten Jahrhunderts dagegen fast liberal erscheinen könnten. Als er sie in Syrakus in die Tat umzusetzen versuchte, ließ Dionysios, der nun wirklich ein Tyrann war, ihn ergreifen und auspeitschen, um ihn dann als Sklaven auf dem nächstbesten Markt zu verkaufen: Was soll's?, sagte er sich, der Mann ist ja Philosoph und nimmt alles gelassen hin.»

«Ja gut, aber was hat er denn so Schlimmes vertreten?», will Giacomo wissen.

«Nun, er war der Ansicht, das Staatswohl stehe in jedem Fall an erster Stelle. Das heißt, was das Verhältnis der Bürger zu ihrem Staat betrifft, hatte er sehr klare Vorstellungen: Soll der Einzelne doch ruhig krepieren, dachte er sich, Hauptsache, die Polis kann ihren Ruhm mehren. Ein weiterer bezeichnender Punkt von Platons Programm besagt, dass eine Frau nicht nur einem einzigen Mann zur Verfügung zu stehen habe, sondern allen, die sie begehren.»

«Und warum das?», fragt Peppino nach, dem Platons Philosophie zu gefallen beginnt.

«Ganz einfach. Wenn sich die Bürger wahllos und vor allem im Dunkeln paaren, denkt Platon, wissen die Nachkommen nicht, wessen Kinder sie sind, und lieben den Staat folglich mehr als ihre Eltern. Säuglinge müssten, fordert Platon, sobald sie die Augen öffnen, der Polis überantwortet werden. Dann sollten sich öffentliche Einrichtungen um ihre Erziehung kümmern und sie zu gehorsamen, zu allem bereiten Untertanen formen. Diese Forderung ging dann als so genannter ‹platonischer Kommunismus› in die Geschichte ein. Es versteht sich von selbst, dass einem Liberalen wie Popper Platons

Ideen nicht gefallen konnten. Mehr als alles sonst auf der Welt liebte er ja die Toleranz und die Achtung der Gefühle anderer. Popper meinte, jeder Mensch müsse frei sein, seine eigenen Gedanken zu entwickeln. Und man habe keinen Grund zur Klage, wenn diese Ideen dann nicht mit den eigenen übereinstimmten.»

«Ich hab ja schon immer gewusst, dass dieser Platon ein widerlicher Macho war», bemerkt Jessika empört. «Er hasste die Frauen und betrachtete sie als reine Konsum- und Lustobjekte. Mich wundert nur, dass seine Vorstellung von der Liebe als ‹platonische Liebe› berühmt geworden ist.»

«Ja, aber ‹platonisch› muss in diesem Fall als ‹ideal› verstanden werden», erklärt Bellavista. «Vergiss nicht, Platon war der Erste, der von der Welt der Ideen sprach.»

23

Die Kubistin

«Ich war in einer Diskothek», gesteht Bellavista.
«Das ist nicht dein Ernst!», ruft Cazzaniga aus.

«Doch, und zwar in einer Diskothek auf dem Vomero. ‹Gabbia› heißt sie, doch statt ‹Käfig› hätten sie sie lieber ‹Hölle› nennen sollen. Du kannst dir ja gar nicht vorstellen, was dort los ist. Zunächst einmal der Lärm: vollkommen unerträglich. Die Jugendlichen meinen, es sei Musik und nennen es Techno. Aber von Melodie oder gar Worten keine Spur. Man hört nur dieses Dum, Dum, Dum, Dum, Dum, Dum, Dum, Dum, Dum, und zwar von dem Moment an, da man die Diskothek betritt, bis zu dem Augenblick, da man sie wieder verlässt. Es gibt auch keine Pausen. Ein ständiges Gehämmer, ohrenbetäubend, das noch mehr als im Kopf im Magen widerhallt. Und da das so ist, kann man gar nicht anders, als alles, was man tut, ob man nun ein Bier trinkt oder Chips isst, in diesem Dum-Dum-Rhythmus zu erledigen. Auch die Augen bleiben davon nicht verschont. Denn da man in völliger Dunkelheit hockt, kann man sein Gegenüber nur in einem Geflacker erkennen, das auch von diesem Dum-Dum-Dum-Rhythmus bestimmt wird. In diesem ständigen Wechsel von An und Aus wirkt es so, als würden sich die Tänzer vollkommen hektisch und ruckartig bewegen: Einen Augenblick sieht man sie mit erhobenen, im nächsten Augenblick mit herunterhängenden Armen. Ich weiß auch nicht, aber irgendwie haben sie mich an Galeerensträflinge im sechzehnten Jahrhundert erinnert, die, an ihre Bänke gekettet, gezwungen waren, auch im Dum-Dum-Dum-Rhythmus zu rudern, und die, wenn sie auch nur eine Winzigkeit aus dem Takt kamen, gnadenlos ausgepeitscht wurden. In den Diskotheken ist es der Diskjockey, der den Rhythmus vorgibt, und die Besucher gehorchen ihm blind. Ich sag's dir, schon nach fünf Minuten in dieser Hölle wärst du bereit, alles zu gestehen, was man von dir hören will. Eigentlich ein Fall für Amnesty International. Dum, dum, dum, dum, dum! Du siehst hunderte von Jugendlichen, die sich auf der Tanzfläche bewegen, ohne sich um die anderen zu scheren, und das mit traurigen Mienen, so, als hätten sie gerade vom Tod eines engen Familienangehörigen erfahren. Dum, dum, dum, dum, dum, dum, dum, dum.»

«Warum sind sie wohl traurig?», fragt Cazzaniga.

«Diesbezüglich habe ich so meine Theorie», antwortet Bellavista. «Um im Leben glücklich zu sein, muss man noch Wünsche haben. Für uns früher gab es, da es uns eigentlich an allem fehlte, ja zahlreiche Dinge, die wir uns nur wünschen konnten. Wir hatten doch noch nicht mal genug Geld, um eine Pizza essen zu gehen. Ganz zu schweigen von Mädchenbekanntschaften. Frauen waren für uns doch so etwas wie eine Fata Morgana. Nach acht Uhr abends sah man keine mehr auf der Straße. Und wer hatte schon mal eine Frau nackt gesehen? Niemand, noch nicht mal auf der Leinwand. Unsere Enkel heute aber kennen diese Probleme nicht. Egal, was sie haben wollen, sie brauchen es nur von ihren Eltern zu verlangen, und innerhalb einer Woche ist der Wunsch erfüllt. Und wenn sie Lust haben, miteinander ins Bett zu gehen, dann sagen sie es und tun es. Für sie ist das nicht viel aufregender, als einen Kaffee trinken zu gehen. Ich meine, all dies muss zwangsläufig Unglück erzeugen. Mir kommt da die ‹Ode an eine griechische Urne› von John Keats in den Sinn. Auf dieser Urne ist ein Mann dargestellt, der einer Frau hinterherrennt, und der Dichter spricht ihn nun mit den Worten an: ‹O kühner Liebender, niemals wirst du sie küssen, doch immer wirst du sie lieben, und wunderschön wird sie immer sein.›»

«Sag mal, was wolltest du eigentlich in dieser Diskothek?»

«Peppino hat mich mitgenommen. Von Philosophie hat er keine Ahnung, aber was das Sexualverhalten der Jugend von heute angeht, ist er eine unerschöpfliche Quelle des Wissens. Ihm ist nicht entgangen, dass ich in Jessika vernarrt bin, und er hilft mir mit praktischen Ratschlägen. Im Grunde hofft er wohl, dass ich Jessika nur mal erleben muss, wie sie wirklich ist, um ein für alle Mal kuriert zu sein und sie zu vergessen. Also hat er mich kürzlich angesprochen. ‹Professò›, meinte er, ‹wenn Sie Jessika mal bei der Arbeit zuschauen wollen, kommen Sie doch einfach mit. Ich weiß, wo das ist.›»

«Und was arbeitet sie?»

«Sie ist Kubistin.»

«Sie ist was?»

«Kubistin, zusammen mit ihrer Freundin Giada. Die heißen so, weil sie auf einem Kubus tanzen, jede für sich, ohne Tanzpartner. Jessika tanzt auf einem Kubus und Giada auf einem anderen daneben. Ich habe mir übrigens vorgenommen, dich nächsten Samstag mal in die Gabbia mitzunehmen.»

«Ich denk überhaupt nicht dran.»

«Doch, Renato, du musst einfach mitkommen. Du musst begreifen, wie die Jugendlichen heute sind. Da ist zum Beispiel dieses interessante Phänomen, dass sie aufs Sprechen verzichten, nicht zuletzt wohl, weil sich bei dieser ohrenbetäubenden Musik niemand verständlich machen kann. Anstatt zu sprechen, schlagen sie sich mit der Gehörlosensprache durch. Wollen sie zum Beispiel ‹Willst du was essen?› sagen, legen sie die Fingerspitzen zusammen und führen sie an den Mund. Und dann sehen sie sich auch niemals ins Gesicht, vielleicht auch, weil der Saal so dunkel ist. Um dahinter zu kommen, mit wem sie gerade tanzen, müssen sie warten, bis ein rotierender Scheinwerfer den Betreffenden zufällig ins rechte Licht rückt. Und schließlich tanzen sie alle mit geschlossenen Augen. Na ja, was heißt ‹tanzen›? Eigentlich müsste ich sagen, ‹sie hampeln wie Zombies herum›. Das Schlimme ist, dass es jeder für sich alleine tut, und das auch noch immer auf derselben Stelle. Das könnten sie ja eigentlich auch bei sich daheim haben, ganz umsonst und viel bequemer. Sie bräuchten nur das Licht ausschalten und die Stereoanlage auf volle Lautstärke drehen.»

«Hast du eigentlich auch getanzt?»

«Bist du wahnsinnig? Aber als ich gerade gehen wollte, kam ein Mädchen zu mir, mit einem angemalten Gesicht, rechts gelb und links grün, wahrscheinlich voll gepumpt mit Ecstasy oder vielleicht auch nur betrunken, packte mich an der Jacke und schleifte mich in den Saal zurück: Sie wollte unbedingt, dass ich mit ihr tanze. Irgendetwas hat sie mir auch zugebrüllt, aber ich hab's nicht verstanden. Wäre ich vierzig Jahre jünger, hätte ich jetzt bestimmt eine neue Freundin.»

«Wie haben denn die anderen Jugendlichen auf deinen Anblick reagiert?», fragt Cazzaniga. «Du, ein älterer Herr mit ergrautem Haar, an solch einem Ort. Ein Wunder, dass sie dich überhaupt hineingelassen haben.»

«Ohne Peppino wäre ich auch nicht reingekommen. Er hat mit einem der Türsteher geredet und sich für mich verbürgt. Wahrscheinlich hat er ihm versichert, dass ich weder Reporter noch Polizist bin, sondern bloß ein harmloser neugieriger Greis. Und in der Tat waren alle ganz nett zu mir. Sogar einen Verzehrbon haben sie mir geschenkt.»

«Kurzum, eine interessante Erfahrung für dich. Was war eigentlich mit Jessika. Wie hat sie getanzt?»

«Ach, sehr gut. Ich stand da und hab sie die ganze Zeit nur angestarrt.»

«Im Grunde also wie Professor Rath, der aus dem *Blauen Engel*, nur dass er Marlene Dietrich singen hörte, während du Jessika tanzen sahst. Aber erzähl doch mal weiter. Hat sie dich denn gesehen?»

Der Professor antwortet nicht, und Cazzaniga spürt, dass da wohl etwas Unangenehmes vorgefallen sein muss, worüber sein Freund nicht gern sprechen möchte. Doch er ist neugierig und stellt die Frage noch mal, erhält aber wieder keine Antwort. Allmählich macht er sich Sorgen und fühlt sich fast verpflichtet nachzuhaken.

«Hör mal, Gennaro», sagt er zu ihm, «ich weiß nicht, ob du dir darüber im Klaren bist, aber nur durch Reden kannst du dich aus der Klemme befreien, in die du durch eigene Schuld geraten bist. Seit Tagen beobachte ich dich schon und spüre ganz deutlich, dass irgendetwas nicht mit dir stimmt. Ich kann dir nur eins raten: Heraus mit der Sprache! Erleichtere dein Herz.»

Bellavista wartet schweigend noch einige Sekunden, dann gibt er nach und vertraut sich dem Freund an.

«Ich hab Jessikas neuen Freund gesehen.»

«Noch einen?»

«Ja, wieder ein anderer. Mit Gianluca, dem aus dem Kino Santa-Lucia, ist sie nicht mehr zusammen. Jetzt hat sie einen mit Schnurrbärtchen. Auch der ist größer als ich. Aber nicht dass ich Jessika mit einem neuen Freund gesehen habe, wühlt mich so auf, sondern die Tatsache, dass dieser Neue sie öffentlich geküsst hat, während der Erste, dieser Basketballspieler, sich immer zwei Schritt von ihr entfernt hielt und kaum mit ihr sprach, so, als habe er gar nichts mit ihr zu tun.»

«Ja, und wie hast du dich jetzt verhalten?»

«Na wie schon? Als ich sah, wie sie von ihrem Würfel stieg und sich zur Toilette bewegte, bin ich sofort zu ihr und habe versucht, mit ihr zu reden. Aber dieses Dum Dum Dum ließ mich nicht dazu kommen. Also bin ich ihr sogar in die Damentoilette nach und hab zu ihr gesagt: ‹Ist dir überhaupt klar, was du da tust? Wer ist dieser Kerl, der dich geküsst hat?› Aber wie so oft schon hat sie mir nur geantwortet: ‹Das geht dich einen Scheißdreck an.› Woraufhin ich sie fragte: ‹Und was ist mit Gianluca?› Und sie: ‹Das geht dich genauso einen Scheißdreck an.› Da siehst du, wie die Jugendlichen heutzutage sind.»

«Nun ja, eine schöne Abfuhr», bemerkt Cazzaniga, «ich an deiner Stelle wäre dann gegangen.»

«Das wollte ich ja auch, aber in diesem Moment hat mich ja dieses gelb-grüne Mädchen geschnappt. Gott sei Dank kam dann auch noch Giada und hat mich befreit. An Giada kann man sicher viel aussetzen, aber eins muss man ihr lassen: Aufgeweckt ist sie. Sie hat alles beobachtet und die Situation erfasst. Sie hat gesehen, wie Jessika mit ihrem neuen Freund knutschte, wie ich ihr in die Toilette folgte und auch wie dieses zweifarbige Mädchen mich belagerte.»

Bellavista leidet allein schon bei der Erinnerung, doch ihm ist klar, dass er nun keinen Rückzieher mehr machen kann. Er ist gezwungen, seine Leidensgeschichte bis in alle Einzelheiten zu erzählen. Hier also in ungefährem Wortlaut sein Gespräch mit Giada:

«Du bist stinksauer, oder?»

«Nein, ich halte es hier drin bloß nicht mehr aus. Dieser Lärm, dieser Rauch …»

«Gar nicht wahr: Du bist stinksauer. Du hast gesehen, wie Ricky Jessika abgeknutscht hat. Und jetzt bist du sauer. Aber bleib doch lieber cool, Mann. So läuft das nun mal bei uns: Wenn einer Lust hat, irgendeiner Braut die Zunge in den Mund zu stecken, tut er's halt, ohne lang rumzufackeln. Entspann dich mal: Jessika ist nicht dein Eigentum. Oder hast du sie etwa gekauft? Siehst du. Wenn sie sich heute Abend von Ricky abschleppen lässt, kann dir das scheißegal sein. Die werden sicher nicht ihr ganzes Leben miteinander poppen. Ruf sie doch morgen an und grab sie selbst wieder an. Wirst ja sehen, ob sie Bock hat. Ich weiß nicht, warum, aber ihr Ötzis wollt uns das

Leben immer komplizierter machen als es ist. Dabei ist doch alles ganz easy.»

«Schon gut. Aber wenn einem etwas an einem anderen Menschen liegt, ist es doch natürlich, dass man nicht ruhig zusehen kann, wie der einen anderen küsst.»

«Warum denn nicht? Schauen wir uns das Problem doch mal in Ruhe an. Du hast einen Abend mit Jessika gepoppt. Glückwunsch. Aber du kannst doch nicht erwarten, dass sie dich jetzt jeden Abend ranlässt. Wenn jemand im Lotto gewonnen hat, kann er doch auch nicht erwarten, dass er jetzt jeden Samstag drankommt. Tja, und heute Abend hat eben Ricky sechs Richtige, morgen Abend vielleicht wieder du oder irgendein anderer. Wo liegt das Problem?»

Giada und Bellavista unterhalten sich noch eine ganze Zeit lang. Dann stellt das Mädchen fest, dass es Hunger hat, und bittet den Professor, es in eine Pizzeria einzuladen. Sie finden eine, die die ganze Nacht geöffnet hat, nur einen Steinwurf von der Diskothek entfernt.

«Wie viel verdient ihr als Kubistinnen eigentlich am Abend?»

«Kommt auf die Disko und auf die Arbeitszeit an. Die in der Gabbia haben nicht viel Kohle. Denen leiern wir für den Abend höchstens mal einen Hunni raus.»

«Einen was?»

«Na einen Hunni. Hunderttausend Lire. Schneller kriegt man den natürlich, wenn man's für Geld macht: Wenn du jetzt zum Beispiel Bock hast, brauchst du nur einen halben Riesen abzudrücken, und ich bin dabei.»

«Du meinst eine halbe Million?»

«Klar, für weniger läuft nichts.»

Verständlicherweise ist Cazzaniga bestürzt: Er weigert sich zu glauben, dass die Mädchen heute alle so wie Jessika und Giada sind.

«Und was hast du gemacht? Hast du ihr die halbe Million gegeben?»

«Mach keine Witze. Abgesehen von der Tatsache, dass ich so viel Geld gar nicht dabeihatte, hätte ich mich auch ganz bestimmt nicht darauf eingelassen. Natürlich ist Giada ein hübsches Mädchen, daran lag's nicht, aber dieser Zynismus, diese Einstellung, Sex nur als Ware zu betrachten, stößt mich richtig ab.»

«Sei doch ehrlich: Du wolltest bloß deiner großen Liebe treu bleiben.»

«Aber nein, Renato, nimm mich bitte nicht auf den Arm. Sex hat für mich in meinem Alter doch nicht mehr diese überragende Bedeutung. Früher, als ich jung war, mag das noch anders gewesen sein. Aber heute muss ich schon mit dem Herzen dabei sein, sonst vergeht mir die Lust, und ich frage mich bloß: Wer zwingt mich eigentlich dazu?»

«Da wir nun schon mal beim Thema sind, darf ich dir eine sehr persönliche Frage stellen?»

«Ja sicher, frag nur.»

«Wie ist es eigentlich in physischer Hinsicht um dich bestellt? Ich meine, funktioniert da noch alles zu deiner Zufriedenheit? In letzter Zeit hört man ja oft von Viagra. Hast du's mal probiert?»

«Nein, mein lieber Renato, und weißt du auch warum? Weil in unserem Alter nicht die Erektion das Problem ist, sondern das Verlangen. Schon allein die Vorstellung, Jessika bei mir zu haben, nackt, mit diesem Körper so glatt wie Marmor, bringt mein Blut in Wallung.»

«Ich habe mit meiner Frau ja schon seit wer weiß wie vielen Jahren nicht mehr geschlafen!», seufzt Cazzaniga. «Anders ausgedrückt, für mich ist Sexualität wie ein Hobby, dem ich nicht mehr nachgehe. Viagra würde ich ebenso wenig nehmen wie du, auch wenn ich mir der Wirkung sicher sein könnte. Aber aus einem anderen Grund. Bei mir ist es die Angst, eine lächerliche Figur abzugeben. Ich will dir ein Beispiel nennen: Als Junge war es mein Traum, Profifußballer zu werden, und bis zur Bezirksliga habe ich es sogar gebracht. Irgendwann dann, in einem gewissen Alter, musste ich einsehen, dass es keinen Zweck mehr hatte: Ständige Verletzungen und etliche Kilo zu viel auf der Waage bewogen mich dazu, die Fußballschuhe an den Nagel zu hängen. Mir war damals, als würde ich mich selbst sehen, wie ich in Unterhosen übers Spielfeld laufe. Genauso ergeht es mir mit der Sexualität: Wenn ich mir vorstelle, wie ich mit meinen fünfundsechzig Jahren, nackt und absolut nicht mehr attraktiv, keuchend auf einer Frau liege, komme ich mir lächerlich vor.»

«Du Glücklicher», seufzt Bellavista. «Ich hingegen habe den Eindruck, einfach nicht darauf verzichten zu können. Doch sollten wir eins klarstellen: Für mich ist Sex weniger die Befriedigung eines körperlichen Bedürfnisses als ein Beweis meiner Existenz. Wie um zu sagen: ‹Wenn ich noch mit einer Frau schlafe, heißt das, dass ich noch lebe.› Dennoch, hätte man statt Viagra eine Pille erfunden, die verhindert, dass man sich verliebt, müsste ich nicht lange überlegen: Ich würde sie einnehmen. Ja, soll ich dir mal was sagen? Ich wäre sogar froh, gäbe es so wie gegen Grippe auch eine Schutzimpfung gegen das Verlieben. Jeder über siebzig lässt sich eine Spritze geben, und alle Probleme wären gelöst.»

24

Die Frau vom Mars

«So wie die Dinge nun liegen», denkt Bellavista, «muss ich einen kühlen Kopf bewahren und mir endlich klarmachen, dass Jessika ein Mensch wie von einem anderen Stern für mich ist. Es reicht nicht, zweimal mit ihr ins Bett gegangen zu sein, um sie als meine Geliebte betrachten zu können.» Hinzu kam, dass, wie Bellavista wusste, dieses «zweimal» auch ein wenig übertrieben war. Denn das zweite Mal, als sie ihn aufforderte, «aber bitte beeil dich!», konnte er eigentlich nicht in vollem Umfang als zweites Mal betrachten. Mit einem anderen Menschen zusammen zu sein, bedeutet ja nicht nur, miteinander zu schlafen, sondern auch zu reden, sich auszutauschen, die Gedanken des andereren zu teilen und seine Wünsche und Vorlieben zu akzeptieren, also auch Diskotheken, sinnlose Unterhaltungen, die Lebensgeschichte von Eros Ramazzotti, das Auf-und-ab-Flanieren auf der Via dei Mille und vieles mehr.

Schon eine halbe Stunde liegt er jetzt in der Wanne, ohne dass es ihm gelingt, Jessika zu sehen. Das Badewasser ist nur noch lauwarm. Nicht mehr lange, und ihm wird kalt werden. Vergeblich müht er sich noch einmal, sich vorzustellen, wie sie nackt neben ihm liegt und ihm über den Bart streichelt. Nein, nichts zu machen: An diesem Morgen hat sie wohl keine Lust, ihn zu besuchen.

Tatsache ist ja, dass man für seine Tagträume auf ein Minimum an Kollaboration von Seiten des Gehirns angewiesen ist, und heute weigert sich sein Gehirn aus irgendeinem Grund, ihm beizuspringen. Seit mindestens zwanzig Minuten erklärt es ihm: «Finde dich damit ab, Gennaro: Jessika kommt heute nicht.»

Dabei war sie so wunderschön, gestern, als sie tanzte! Ihr Körper wirkte wie geschaffen für diese Musik. Ihr Becken war wie losgelöst, bewegte sich nur für sich selbst, fast so, als habe es eine eigene Seele: Es ging hoch und runter, vor und zurück, nach links und nach rechts und imitierte den Geschlechtsakt ohne eine Spur von Scham. Vollkommen nackt hätte Jessika nicht verführerischer sein können. Sie war ein Wunder der Natur. Zu seiner Zeit hatte es in Neapel noch Tanzschulen gegeben. Die bekannteste war die von Signora Tirabassi auf dem Corso Emanuele. Alle möglichen Tänze konnte man dort lernen: von Walzer bis Tango, von der Mazurka bis zum Kotillon. Seines Wissens gab es heutzutage keine Tanzschulen mehr. «Die Körper unserer Enkelinnen sind anscheinend bereits trainiert», denkt er. «Sie kommen zur Welt und beginnen zu tanzen, so als hätten sie nie etwas anderes im Leben getan. Sie brauchen nur das Dum Dum Dum zu hören, und schon bewegen sie sich vollkommen perfekt.» Und wenn es auch stimmte, dass man sich bei dem Lärm in der Diskothek unmöglich miteinander unterhalten konnte, so hatte ihm Jessika mit ihrem Becken im Ausgleich dafür Dutzende und Aberdutzende erotischer Botschaften übermittelt. So hatte sie unter anderem zu ihm gesagt: «Ach mein Süßer, weißt du noch, wie wir das erste Mal in Saverios Wohnung miteinander geschlafen haben? Und weißt du noch, dass du anfangs gar nicht wusstest, was du mit mir anstellen solltest? Ja, ich habe dir dann gezeigt, wie man mit mir tanzen kann. Ich habe mich auf dich gelegt und mich ganz lang gemacht und dich mit meinem Körper so lange gestreichelt, bis auch du angefangen hast, dich zu bewegen. Weißt du noch? Dum dum dum dum dum dum dum dum.»

Gestern Abend hat Bellavista einen Sciencefictionfilm im Fernsehen gesehen: Eine Gruppe von Marsmenschen landet auf der Erde und versucht, Kontakt mit den Erdbewohnern aufzunehmen. Der gute Wille, sich zu unterhalten, ist da, doch ein Gespräch entpuppt sich bald schon als unmöglich. Die Marsmenschen haben weder Mund noch Augen und versuchen, mittels elektrischer Impulse zu kommunizieren, die sie über Antennen in der Mitte der Stirn aussenden. Die Erdbewohner ihrerseits, die keine Antennen besitzen, versuchen es mit ihren Stimmen, die sie durch Megafone verstärken. Aber es ist zwecklos. Nun, im Großen und Ganzen war das seine Situation in Bezug auf Jessika. Auch sie kam vom Mars. Da gab es keinerlei Hoffnung, sie zu verstehen oder von ihr verstanden zu werden.

Wenigstens ein Minimum an Konversation war nun aber Voraussetzung für eine Beziehung. Nur mal angenommen, Jessika wäre bereit gewesen, mit ihm eine Woche in die Karibik zu fahren, worüber hätte er während der Reise mit ihr reden sollen? *Similia similibus curentur:* Was für die Homöopathie galt, galt auch für menschliche Beziehungen. Erotik allein konnte nicht die Grundlage einer Beziehung sein. Und außerdem, was war Erotik anderes als eine spezielle Form der Kommunikation? Lust war kein Selbstzweck, sondern eine Art Geschenk, das sich Partner, deren Leib und Seele im Gleichklang schwangen, gegenseitig machten. Ohne einen gewissen Austausch konnte sich zwischen zwei Menschen absolut nichts entwickeln. In solch einer Situation war es noch besser, sich selbst zu befriedigen als vor ihr im Staub zu liegen und um den Beischlaf zu betteln. Bevor er sich aber zu einer für einen Mann seines Niveaus unwürdigen Form der Autoerotik herabließ, wollte er seine Beziehung lieber ganz in der Phantasie leben. Schließlich waren Männer ganz anderen Kalibers als er selbst genauso verfahren. Dante zum Beispiel oder auch Petrarca waren bei ihren Angebeteten Beatrice beziehungsweise Laura nie zu Taten übergegangen, und auch der arme Leopardi hatte es seines Mundgeruchs wegen nie gewagt, seiner Fanny Targioni Tozzetti zu nahe zu kommen.

Gestern hatte Cazzaniga ihn in die Kirche mitnehmen wollen. «Geh doch zur Beichte», hat er zu ihm gesagt, «du wirst sehen, danach fühlst du dich besser.» Und er hat geantwortet, danach würde er sich nur noch schlechter fühlen und mit dem Priester streiten. Wie hätte er den reuigen Sünder spielen und versprechen sollen, nie wieder der Versuchung zu erliegen, da er doch ganz genau wusste, dass er es gar nicht erwarten konnte, endlich wieder zu «sündigen». Außerdem hatte er ja keineswegs Angst vor der Hölle, sondern bloß vor dem Nichts. Wegen ihm konnten Gott und Teufel ruhig existieren. Dann würde es später wenigstens einmal jemanden geben, mit dem er sich unterhalten konnte. Schließlich waren seine Taten keine Todsünden, sondern Verfehlungen, die ihn selbst am meisten schmerzten. Wenn schon, dann hätte sie, die kleine Jessika, beichten müssen. Vielleicht würde er sie gleich morgen, beim Unterricht, darauf ansprechen. Er könnte zu ihr sagen: «Mein gutes Kind, was hältst du davon, nächsten Sonntag mit mir gemeinsam zur Heiligen Kommunion zu gehen?» Dann wäre die Sache wenigstens ein für alle Mal beendet gewesen.

Das Wasser ist fast kalt. Es hilft nichts, Bellavista muss raus.

25

Patrizia

Ein dramatischer Karsamstag im Hause Bellavista. Ohne Vorankündigung trifft um sieben Uhr abends Patrizia, die siebenunddreißigjährige Tochter des Professors, mit ihrem Sohn, dem achtzehnjährigen Salvatore, aus Mailand ein. Der Grund: Patrizia hat soeben ihren Mann Giorgio, von Beruf Informatikingenieur, verlassen, und zwar wegen erwiesener und fortdauernder ehelicher Untreue. Lassen wir jedoch lieber sie selbst erzählen, was sich genau zugetragen hat.

«Papà, Giorgio ist ein Schuft, ein Schurke, ein Halunke. Seit drei Monaten betrügt er mich schon. Mittlerweile weiß es die ganze Stadt. Ich bin die Witzfigur der Mailänder Salons. Da nennt man mich nur noch die ‹neapolitanische Gehörnte›. Und soll ich dir mal sagen, mit wem er mich betrügt? Mit so einem Flittchen, das seine Tochter sein könnte. Noch nicht mal fünfundzwanzig ist die!»

«Es hat keinen Sinn, das deinem Vater zu erzählen», bemerkt Signora Maria spöttisch. «Vielleicht wäre sie ihm sogar noch zu alt. Aber was ist mit dir? Warum kümmerst du dich nicht abends nach Feierabend ein bisschen mehr um deinen Mann?»

«Weil er mich nicht abends betrügt, sondern tagsüber. Das Flittchen arbeitet in seinem Büro. Er sieht diese

Person jeden Tag, und mittags gehen sie zusammen in die Kantine. Vor zwei Monaten erzählt er mir, er muss nach Paris zu einem Kongress, und dann erfahre ich, dass er sich drei Tage freigenommen und sich mit seiner Nutte dort eine schöne Zeit gemacht hat. Stell dir nur mal vor, Paris. Ausgerechnet Paris. Mit mir ist er da nie hin. Noch nicht mal auf der Hochzeitsreise. Ach, was soll ich nur machen? Ich bin so verzweifelt. Am liebsten würde ich mich umbringen. Aber so billig kommt er mir nicht davon. Bevor ich mich umbringe, gehe ich noch zum Anwalt. Das Schwein bring ich an den Bettelstab. Ich zerstör ihn. Ich hab ja Beweise. Warte mal …»

Und schon läuft sie in ihr früheres Mädchenzimmer, heute das Arbeitszimmer ihres Vaters, wo sie ihre Koffer abgestellt hat, und kehrt kurz darauf mit einem Stapel Fotos zurück. Unter den verblüfften Blicken ihrer Eltern knallt sie sie auf den Tisch. Darauf ist klar und deutlich Giorgio zu erkennen, wie er mit einer Blondine im Arm ein Hotel verlässt.

«Wie bist du denn an diese Fotos gekommen?», fragt ihre Mutter.

«Ich hab einen Privatdetektiv engagiert, der auf solche Fälle spezialisiert ist.»

«Ach, so was müsste es auch in Neapel geben», murmelt Maria Bellavista, um sich dann wieder an ihre Tochter zu wenden. «Das heißt, du hattest schon einen Verdacht. Wer hat dir denn den Floh ins Ohr gesetzt?»

«Der Ex-Freund der Hure. Der hat mir alles haarklein erzählt. Eines Tages schellt so ein junger Kerl mit knallroten Haaren und Sommersprossen bei mir. Ich öffne, er stellt sich vor und meint dann wie aus heiterem Himmel: ‹Signora, ich bin untröstlich, aber Ihr Gatte betrügt Sie.›»

«Ach, mein armes Kind! Ich kann's mir so gut vorstellen. Für dich muss eine Welt zusammengebrochen sein.»

«Ja, so war es. Aber jetzt will ich Rache. Ich werde sie ruinieren: alle beide. Ich habe mich ja schon bei Doktor Cavallucci, dem Generaldirektor von Axolid, angemeldet. Der wird bestimmt nicht begeistert sein, wenn er von der Geschichte hört. Als Erstes muss er das Flittchen feuern oder wenigstens nach Sardinien versetzen. Dann soll er sich Giorgio vornehmen und ihm mal so richtig die Leviten lesen, bis er soooo klein ist.»

«Jetzt mach mal halblang, Patriziella», schaltet sich jetzt Bellavista ein. «Du darfst das alles nicht so dramatisch sehen. Solche Dinge kommen nun mal vor im Leben. Aber sie gehen auch wieder vorbei, und in ein paar Monaten ist alles vergessen, so, als wenn nie etwas geschehen wäre. Sieh mal, ihr habt doch einen wohlgeratenen Sohn, und der braucht euch beide, Mutter und Vater. Du kannst nicht wegen so einer kleinen Affäre alles zum Teufel jagen. Was hältst du davon, wenn ich mal mit Giorgio rede?»

«Ausgerechnet du! Was willst du ihm denn sagen?», wirft Maria Bellavista giftig wie selten ein. «Dass er ein Schuft ist? Dass sich gewisse Dinge einfach nicht gehören?»

Doch der Professor geht gar nicht darauf ein und beschließt bei sich, mit Cazzaniga über die Sache zu reden. Was er dann auch tut, gleich am Ostermorgen, in ihrem Café in Mergellina.

«Meine Tochter übertreibt», erklärt Bellavista. «Sie verwechselt einen Seitensprung mit einer außerehelichen Beziehung. Dir kann ich es ja sagen: Ich habe volles Verständnis für meinen Schwiegersohn.»

«Das wundert mich gar nicht», bemerkt Cazzaniga spöttisch. «Aber denk auch mal an deine Tochter und deinen Enkel. Was muss in so einem Jungen vorgehen, wenn er mitbekommt, dass der Vater eine Frau liebt, die nicht seine Mutter ist? Wie alt ist der Junge eigentlich?»

«Achtzehn.»

«Vom Alter her würde er genau zu Jessika passen.»

«Das gibt's doch gar nicht!», braust Bellavista auf. «Alle denken nur daran, wie alt jemand ist. Ich kann's wirklich nicht mehr hören! Immer geht's nur darum: Wie alt ist der? Wie alt ist die? Und niemand fragt nach den Gefühlen. Weißt du eigentlich, dass wir hier links etwas sitzen haben, das sich Herz nennt und das hin und wieder sein Recht fordert?»

«Ach komm, du willst mir doch nicht etwa weismachen, dass du jetzt auch zu den Leuten gehörst, die glauben, gegen die Stimme des Herzens sei kein Kraut gewachsen?»

«Sieh mal, Renato, ich fürchte, beim Thema Liebe gibt es heutzutage eine heillose Verwirrung. Dabei muss man doch klar unterscheiden zwischen Sex, Verliebtsein, Zuneigung und Freundschaft. Nehmen wir nur meinen Fall als Beispiel: Was ich für Jessika empfinde, hat absolut nichts mit meinen Gefühlen für meine Frau zu tun. Es sind unterschiedliche, ja vielleicht sogar gegensätzliche Gefühle, aber beide haben ihre Berechtigung. Hinter meinem Wunsch, mit Jessika zusammen zu sein, steht das Verlangen nach einem jungen Körper, die Freude am Neuen, und vielleicht sogar eine Sehnsucht nach den ersten erotischen Erfahrungen zu meiner Schulzeit. Bei Maria hingegen ist es der Wunsch, Freud und Leid des Lebens miteinander zu teilen, das Bedürfnis, einander nahe zu sein, und vor allem eine tiefe Zuneigung. Die Zuneigung ist ein Gefühl, das immer unterschätzt wird! Sie kann groß und stark sein, ohne dass sie deswegen die geistigen Fähigkeiten beeinträchtigen würde, was man vom Verliebtsein ganz sicher nicht behaupten kann und auch nicht vom erotischen oder allgemein sexuellen Verlangen. Bei uns in Europa ist die Lebenserwartung in den letzten Jahren rasant gestiegen. Zur Zeit von Romeo und Julia lebte man durchschnittlich nur zweiunddreißig Jahre. Es gehörte also nicht viel dazu, einem Mädchen zu versichern: ‹Ich werde dich mein ganzes Leben lieben.› Nach zehn, höchstens zwanzig Jahren war es geschafft, man starb gemeinsam, einer in den Armen des anderen. Heute hat eine Frau eine Lebenserwartung von zweiundachtzig Jahren. Und nun sag mir: Wie soll sich das erotische Verlangen einem einzigen Menschen gegenüber unverändert fünfzig Jahre halten? Nur ein Wesen ohne Phantasie ist dazu fähig. Und was folgt daraus? Nun, statistisch gesehen erlebt jeder von uns in seinem Leben drei große Lieben. Immer wieder schärfe ich das meinen Schülern ein: ‹Wenn ihr ohne Scheidung bis zum Ende durchhalten wollt, dürft ihr erst die dritte große Liebe heiraten. Niemals die erste oder zweite.›»

«Und wie soll man erkennen, dass man bei der dritten angelangt ist?», fragt Cazzaniga.

«Da muss ich dir Recht geben: Das ist wirklich ein

Problem. Zu Anfang ist jede Liebe gleich. Sie erscheint riesengroß und packt einen mit Urgewalt. Dann, mit der Zeit, lässt sie sich einordnen: Entweder leidet man wie ein Hund an ihr, dann war es wirklich eine große Liebe, oder man langweilt sich nach einigen Monaten des Zusammenseins und erkennt daran, dass es sich um eine bloße Verliebtheit handelte. So ist im Grunde der Schmerz der Gradmesser der Liebe. Vorteilhaft ist immerhin, dass sich mit der erhöhten Lebenserwartung nicht das Alter verlängert hat, sondern die ‹mittleren Jahre›. Heutzutage kann man eine Frau bis mindestens vierzig als jung bezeichnen.»

«Ja, aber dann stellt sich doch umso mehr die Frage, warum du dir eine Achtzehnjährige aussuchen musstest.»

«Neunzehnjährige bitte!»

«... achtzehn oder neunzehn. Das ist doch gleich. Versetz dich lieber mal in die Lage deiner Frau. Wie muss sie sich fühlen bei dem Gedanken, dass ihr Mann es mit so einem jungen Ding treibt?»

Bellavista antwortet nicht sofort: Er fürchtet, missverstanden zu werden, und überlegt sich genau, wie er dem Freund seine Lebenseinstellung am besten deutlich machen kann.

«Ich glaube», sagt er schließlich, «es kommt immer darauf an, welche Sitten in dem Umfeld herrschen, in dem man lebt. Um es deutlicher zu sagen: Bei den Eskimos zum Beispiel kann eine Frau mehr als einen Ehemann haben. Da es dort relativ wenige Frauen gibt, haben sich, um Streitigkeiten aus dem Weg zu gehen, Lebensmodelle durchgesetzt, die allen Männern eine Frau an ihrer Seite ermöglichen, eine Frau allerdings, die sie mit mehreren anderen Männern teilen müssen. In Saudi-Arabien hingegen erleben wir das genaue Gegenteil: Dort kann ein Mann ruhig mehrere Frauen haben, ohne deswegen gleich der Unzucht geziehen zu werden. Wir Italiener aber sollten endlich zur Kenntnis nehmen, dass sich die durchschnittliche Lebenserwartung im Laufe nur eines Jahrhunderts verdoppelt hat, und daher unsere Gewohnheiten dahingehend ändern, dass größere Freiheiten in Paarbeziehungen möglich werden.»

«Das verstehe ich nicht», wirft Cazzaniga ein, «was meinst du denn mit ‹größeren Freiheiten in Paarbeziehungen›? Dass deine Frau sich mit deiner Beziehung zu einem blutjungen Mädchen abfinden soll?»

«Ja warum denn nicht? Mehr noch, sie sollte sich darüber freuen. Eigentlich müsste sie sich sagen: ‹Zum Glück hat sich mein Mann eine Geliebte zugelegt! Wie gut gelaunt er heute Abend wieder ist. Offensichtlich bekommt ihm das Zusammensein mit diesem jungen Mädchen ...›»

«Dann muss ich dir jetzt eine Frage stellen, und ich bitte dich, ganz ehrlich zu antworten: Was wäre, wenn deine Frau sich einen jungen Burschen als Liebhaber zugelegt hätte? Würdest du dich darüber freuen?»

«Wenn ich's mir recht überlege, ja. Sie wäre wahrscheinlich viel ausgeglichener, und ich wäre bestimmt nicht eifersüchtig auf einen Nebenbuhler, der sich sowohl vom Alter als auch vom Bildungsgrad her so sehr von mir unterscheidet. Vielleicht kommt es ja eines Tages tatsächlich so. Dann hätte jeder Mann zwei Frauen und jede Frau zwei Männer, selbstverständlich mit jeweils großem Altersunterschied. Es wäre so, als kehrte man zu den Zeiten der alten Griechen zurück: Sokrates, ein Mann von höchst moralischen Ansprüchen, hatte ja sexuelle Beziehungen zu mindestens sechs Menschen: zu seiner Gattin Xanthippe, die er übrigens sehr liebte, zu seiner hübschen Dienstmagd Myrto und zu gleich vier Schülern männlichen Geschlechts, und zwar Alkibiades, Agathon, Phaidros und Aristodemos.»

«Na also, worauf wartest du noch?», fragt Cazzaniga spöttisch lächelnd. «Wann fängst du was mit Giacomo und Peppino an?»

26

Ricky

Jessikas neuer Freund heißt Ricky und arbeitet bei Mercedes. Er verkauft den Smart. Als Bellavista davon erfährt, nimmt er sogleich seine Observierungsmaßnahmen wieder auf. Er möchte diesem Ricky ins Gesicht schauen. Er möchte herausfinden, was er so Besonderes hat, das der Frau seiner Träume den Kopf verdrehen konnte. Im Grunde verlangt es Bellavista danach, wie alle heiß Verliebten, zu leiden. Er gibt sich nicht mit dem normalen Kummer zufrieden, der aus der Zurückweisung erwächst. Nein, nein, er möchte den Schmerz hautnah erfahren, indem er sich den Akt der Untreue persönlich anschaut. Er hat erfahren, dass Jessika jeden Freitagnachmittag, gleich nach dem Nachhilfeunterricht, zu diesem Ricky eilt, um sich Fahrunterricht geben zu lassen. Nun möchte er die beiden zusammen sehen.

In Neapel liegt das Smart-Center am Ende der Via Marina, fast schon am Stadtrand. Mit der Straßenbahn Linie 1 kommt man aber hin. Es ist die gleiche Linie, mit der Bellavista als Junge zum Gymnasium fuhr. Es waren die Jahre des Zweiten Weltkriegs, und einmal, so erinnert er sich, gab es Fliegeralarm, gerade als er zusammen mit einem Klassenkameraden in der Straßenbahn saß. Der Fahrer stoppte irgendwo auf der langen Riviera di Chiaia, und sie rannten hinaus und suchten Schutz in einer Kirche. Dort fanden sie sich inmitten einer Schar von vielleicht fünfzig Menschen wieder, die alle auf Knien den Rosenkranz beteten. Auch ein Priester war da, der die Gläubigen aufforderte, ihre Sünden zu beichten.

«Kehrt in euch», rief der Geistliche mit kreischender Stimme, «jeden Augenblick kann hier eine amerikanische Bombe einschlagen und uns alle töten. Und dann steht ihr unvermittelt vor dem Angesicht Gottes. Deshalb erforscht euer Gewissen. Entgeht der Gefahr, im Zustand der Sünde zu sterben! Beichtet, solange noch Zeit ist! *Mea culpa, mea culpa, mea maxima culpa.*»

An dieses Erlebnis muss er nun denken, und er kommt nicht umhin, sich zu fragen: «Was, wenn ich jetzt plötzlich sterbe, hier in der Straßenbahn, vielleicht an einem Herzinfarkt und mit dieser Sehnsucht, mit Jessika zu schlafen, im Herzen? Was würde aus mir werden? Würde ich dadurch den Himmel verlieren?»

Nein, das würde er nicht, so sagt er sich. Seine Sünde ist nur lässlicher Art, die verzeihliche Sünde eines alten Mannes, der nur Gefahr läuft, sich lächerlich zu machen. Und er ist der Erste, der das zugibt.

Beim Smart-Center angekommen, blickt sich Bellavista nach einem strategisch günstigen Platz zum Warten um, und sofort wird ihm klar, dass das hier nicht so einfach ist. Vor dem Autosalon ist absolut nichts, keine Bar, kein Tor, kein Tabakladen oder eine Telefonzelle, von wo aus sich unbeobachtet beobachten ließe. Fingierte Anrufe waren ihm bei seinen Beschattungen mittlerweile ja schon zur Gewohnheit geworden: Er nahm dann vor einer Fernsprechsäule der Telekom Aufstellung und beobachtete von dort aus, während er zu telefonieren oder im Telefonbuch zu blättern vorgab, jede Bewegung seiner Jessika. Aber hier ist absolut nichts zu machen. Was soll er also tun? Auch der großformatige *Corriere della Sera* reicht diesmal nicht aus, um sich dahinter zu verbergen. So entschließt er sich einzutreten.

Eine Weile schaut er sich um. Von Autos hat er zwar überhaupt keine Ahnung, aber auch ihm fällt auf, dass die ungewöhnliche Form dieser Smarts und vor allem ihre grellen Farben etwas Heiteres haben. Offenbar sind diese Wagen für junge Leute entworfen worden. Je länger er sie sich ansieht, desto mehr fühlt er sich wie ein Fisch auf dem Trockenen. Verloren blickt er sich um. Vielleicht haben ihn die Leute aus dem Autosalon schon bemerkt und fragen sich, was der Alte hier wohl will. Und in der Tat, es dauert nur wenige Minuten, bis ein Verkäufer auf ihn zutritt. Ein junger Mann ohne Schnurrbärtchen. Um Ricky kann es sich also nicht handeln.

«Ich möchte mich ein wenig über die Preise informieren», sagt der Professor, indem er vor einem rot-schwarzen Smart stehen bleibt. «Es soll ein Geschenk für meine Enkelin sein.»

«Wir haben drei Modelle zur Auswahl: den Pure, den Pulse und den Passion», antwortet der junge Mann. «Wissen Sie schon, welches Modell Ihrer Enkelin zusagt?»

«Offen gestanden, nein. Aber wahrscheinlich der preiswerteste. Wie viel würde der denn kosten?», fragt Bellavista, der auch jetzt, da er den Käufer nur spielt, möglichst preiswert wegkommen möchte.

«Das wäre der Pure. Der hier direkt vor Ihnen: sechzehneinhalb Millionen, wie er hier steht. Dazu bieten wir günstige Finanzierungsmöglichkeiten, das heißt Ratenverträge mit Laufzeiten von drei, vier oder auch fünf Jahren. Bei einer angemessenen Anzahlung, sagen wir von dreißig Prozent, können Sie …»

Und während ihn der junge Verkäufer mit Zahlen und Zahlungsbedingungen bombardiert, sieht sich der Professor verstohlen um, in der Furcht und in der Hoffnung, Jessika zu erblicken. Was würde er zu ihr sagen, wenn er sie sähe? Dass er sich einen Smart kaufen will? Er, der noch nicht einmal im Besitz eines Führerscheins ist? Gott sei Dank ist aber weit und breit nichts von ihr zu entdecken, wofür es, so überlegt er, zwei Gründe geben kann: Entweder hat sie an diesem Tag gar nicht kommen wollen, oder sie war schon da und hat Ricky bereits abgeholt. Schließlich hat er mit der Straßenbahn über eine halbe Stunde gebraucht, während sie, besonders wenn sie sich von Giacomo mit dem Moped hat fahren lassen, schon längst hier gewesen sein kann.

«Nun ja», meint der Verkäufer jetzt, «überlegen Sie es sich, und wenn Sie sich entschieden haben, wenden Sie sich wieder an mich. Ich würde mich glücklich schätzen, Ihnen bei Ihrer Wahl weiter behilflich sein zu können. Wenn Sie in der Zwischenzeit den Prospekt zu Rate ziehen wollen, hier, bitte. Darin finden Sie alle Modelle mit allen zur Verfügung stehenden Farben.»

Bellavista nimmt den Prospekt entgegen und wirft einen Blick hinein, bedankt sich und verlässt den Verkaufsraum. Mittlerweile hat er resigniert: Heute ist der

Beschattung kein Erfolg beschieden. Aber wo mag Jessika bloß stecken?

Er verlässt den Autosalon und geht zur Straßenbahnhaltestelle. Erst ein paar Minuten wartet er, als plötzlich auf der anderen Straßenseite ein Smart vorüberfährt – mit Ricky und Jessika drin. Er sieht sie, aber auch sie sehen ihn. Der Fahrer hält an. Jessika steigt aus, überquert die Straße und kommt zu ihm an die Haltestelle.

«Gerade habe ich an dich gedacht», sagt sie. «Wir sehen uns morgen Abend bei Saverio, zur gewohnten Zeit.»

27

Sexuelle Belästigungen

Dieses Mal tritt Jessika als Erste ein. Bellavista folgt ihr wie ein Zombie. Zu stark hat er sich nach dieser Begegnung gesehnt, um jetzt die nötige Distanz zu wahren. Sie hingegen bewegt sich, als wäre sie hier zu Hause: Sie tritt ein, öffnet das Fenster, um frische Luft hereinzulassen, und stellt Saverios Kassettenrecorder an. Auf dem Nachttisch liegen Kassetten mit neapolitanischen Liedern, wie etwa «Era di maggio» oder «Anema e core». Besser als gar nichts, denkt Jessika. In manchen Situationen ist ein wenig Hintergrundmusik ganz hilfreich.

Bellavista weiß nicht, was er sagen soll. Er kann sich nicht erklären, warum Jessika nun wieder mit ihm zusammen sein will. Noch vorgestern hat sie ihn wie den letzten Dreck behandelt, und jetzt plötzlich dieses Angebot: «Wir sehen uns morgen.» Wie soll man aus den Jugendlichen von heute noch klug werden: Innerhalb von vierundzwanzig Stunden ändern sie vollkommen ihre Meinung. Doch egal. Er beginnt sich auszuziehen, hat aber noch nicht mal den ersten Hosenknopf aufgeknöpft, als Jessika ihn bremst:

«Was machst du denn da? Willst du dich etwa gleich ausziehen? Findest du es nicht ein wenig billig, wenn wir uns nur zum Vögeln treffen?»

«Ja …, gewiss …, du hast vollkommen Recht», muss Bellavista zugeben. «Aber sieh mal, diese Wohnung ist so ungemütlich, dass wir ja noch nicht mal wüssten, wo wir uns hinsetzen sollten. Vielleicht sollte ich Saverio mal ein paar Sessel schenken, oder einen Kühlschrank für ein paar Flaschen Coca-Cola.»

«Das ist jetzt gar nicht so wichtig. Setz dich erst mal aufs Bett. Wenn du willst, kannst du dich auch hinlegen. Aber im Moment wäre ich dir dankbar, wenn du dich noch nicht ausziehen würdest. Lass uns erst mal reden.»

«Worüber bloß?», fragt sich der Professor. Dass er darauf brennt, mit ihr zu schlafen, ist nur gar zu offensichtlich. Warum also erst noch diskutieren? Wenn schon, müsste sie ihm eigentlich erklären, warum sie ihn einen Tag zurückweist und am nächsten mit ihm zusammen sein will.

«Wir haben uns doch gestern Abend vor diesem Smart-Center getroffen», beginnt sie. «Weißt du eigentlich, was ich dort gemacht habe?»

Bellavista antwortet nicht, nicht zuletzt, weil er nicht wüsste, was er sagen soll, wenn Jessika ihn fragt, was er selbst dort zu suchen hatte.

«Ich war da, um Giada zu beraten», fährt sie fort. «Um es kurz zu machen: Giada hat beschlossen, sich von ihrem Grufti ein Auto schenken zu lassen, du weißt schon, von diesem reichen Typ mit dem Geschäft auf der Piazza Mercato. Von dem hab ich dir doch erzählt. Und weißt du, wie sie ihn rumgekriegt hat?»

«Nein, wie denn?»

«Sie hat ihn erpresst. ‹Schätzchen›, hat sie zu ihm gesagt, ‹entweder schenkst du mir einen Smart oder ich zeig dich wegen sexueller Belästigung an, und du bekommst eine fette Schlagzeile in allen Zeitungen.›»

«Was? Im Ernst? Das ist ja entsetzlich!»

«Ja, ich weiß, das ist entsetzlich. Aber ich bin ja nicht wie sie. So eine Schweinerei würde ich niemals machen. Stell dir doch nur mal vor, wenn ich das mit dir machen würde: Stell dir nur mal die Schlagzeile im *Mattino* vor: SIEBZIGJÄHRIGER LEHRER VERGEHT SICH AN JUNGER SCHÜLERIN. Was für ein Skandal! Was würde deine Frau dazu sagen, deine Tochter, deine Freunde …? Die würden dich für verrückt erklären.»

Genau in diesem Moment ertönt aus Saverios Kassettenrecorder «Malafemmina»*, aber Jessika entgeht der Zusammenhang, und so fährt sie fort:

«Na ja, jedenfalls brauchst du dir bei mir keine Sorgen zu machen. So was würde ich ja nie tun. Da liegen Welten zwischen Giada und mir. Das Leben hat sie hart gemacht. Aber sie hat ja auch so viel Schreckliches erlebt … erst die Verhaftung …, dann der Entzug in diesem Knast von Nisida … Na ja, egal. Aber ein klein wenig könntest du mir eigentlich auch entgegenkommen. So einen Smart könnte ich auch gebrauchen. Ja, ich weiß, du bist nicht so reich wie dieser Großhändler. Aber eine kleine Gegenleistung für meine Liebe hätte ich schon verdient. Die Anzahlung würde ja mein Vater rausrücken. Und durch einen Freund, der bei Mercedes arbeitet, habe ich die Möglichkeit, den Rest in sechzig Raten zu jeweils zweihunderttausend abzustottern. Nehmen wir nun mal

* «Verruchtes Weib» (A. d. Ü.)

an, wir würden uns in den nächsten zehn Monaten regelmäßig hier in Saverios Wohnung treffen, sagen wir jeden ersten Freitag im Monat. Dafür drückst du jedes Mal zwei Hunnis ab, und dann kostet dich das am Ende nur schlappe zwei Millionen. Was hältst du davon?»

«Ich habe aber keine zwei Millionen», antwortet Bellavista mit kaum vernehmbarer Stimme.

«Ja, klar, ich weiß. Aber du zahlst ja auch nur nach und nach, jeweils ein kleines bisschen, in Raten eben. Das merkst du überhaupt nicht.»

«Und ginge es nicht ein wenig preiswerter?», schlägt Bellavista vor.

«Wie viel meinst du genau?»

«Drei Raten ..., zu zweihunderttausend.»

«Drei sind ziemlich wenig. Sagen wir fünf.»

«Gut, fünf, abgemacht. Aber jetzt komm endlich her. Ich will mit dir schlafen.»

«Hast du denn zweihunderttausend da?»

«Offen gestanden, nein.»

«Dann ruf mich an, wenn du sie hast.»

Jessika wendet sich zum Gehen und lässt Bellavista mit fassungsloser Miene auf dem Bett liegend zurück. Sie spürt, dass sie vielleicht etwas zu weit gegangen ist. Aber was soll sie tun? Ein Mädchen, das nicht weiß, was es will, wird früher oder später doch nur ausgenutzt. Und außerdem müsste sich so ein Greis doch darüber im Klaren sein, dass es gewisse Dinge nur noch gegen Bezahlung für ihn gibt. Dabei hat er noch Glück gehabt. Zwei Hunnis monatlich in den nächsten fünf Monaten sind doch wirklich nicht die Welt.

Sie schließt die Tür hinter sich und ist schon auf der

Treppe, als sie plötzlich aus der Wohnung einen lauten Schrei dringen hört: «Kikeriki!!!»

«Das kann doch kein Hahn sein», denkt Jessika. «Es ist sechs Uhr abends. Um diese Zeit krähen Hähne nicht.»

28

Peppino

Peppino erscheint eine halbe Stunde zu früh zum Nachhilfeunterricht bei Bellavista. «Entschuldigung, Professò, ich weiß, ich bin zu früh dran, aber ich hab noch ein paar Fragen zu Heidegger», erklärt er an der Tür.

«Zu Heidegger? Nicht möglich. Der war dir doch so unsympathisch. Aber komm doch erst mal rein.»

In der Tat kann sich der Professor nur noch wundern. Seit er Peppino kennt, geschieht es zum ersten Mal, dass er mehr zu einem Philosophen oder einem philosophischen Thema wissen will. Er war immer als Letzter gekommen und als Erster gegangen. Kein Wunder, war doch der Philosophieunterricht ein wahres Martyrium für ihn. Die Idee, ihn überhaupt dort hinzuschicken, stammte allein von seinem Großvater Michele Auriemma, der mit Bellavista zur Schule gegangen war. Der Mann machte sich Sorgen, weil sein Enkel im Vorjahr wegen mangelhafter Leistungen in Philosophie beinahe nicht versetzt worden wäre.

«Anscheinend hast du heute kein Fußballspiel», sagt Bellavista, als sie im Arbeitszimmer Platz genommen haben. «Aber ich freue mich trotzdem, dass du dein Wissen zu Heidegger vertiefen möchtest. Pass auf, am Ende wirst du noch besser als Giacomo.»

«Nein, Professò, ehrlich gesagt, will ich gar nicht über Heidegger mit Ihnen reden, sondern über Jessika.»

«Über Jessika?»

«Ja, Jessika, diese miese Schlampe.»

«Wenn du solche Ausdrücke bei mir bitte vermeiden würdest, Peppino. Überhaupt, diese Sprache solltest du dir endlich mal abgewöhnen.»

«... aber ich weiß alles.»

«Was alles?»

«Nun ja, die Tatsache, dass Sie und Jessika ..., wie soll ich sagen ...», murmelt Peppino, «... halt eben, dass Sie mit ihr zusammen waren, in Saverios Wohnung, also, dass Sie es richtig mit ihr gemacht haben und dass sie Sie jetzt nicht mehr ranlassen will.»

Bellavista erbleicht. Nun ist also eingetreten, was er immer befürchtet hat: Jessika hat den Mund nicht halten können. Verständlicherweise entgegnet er nichts auf diese Eröffnung, und Peppino nutzt die Gelegenheit, um sein Anliegen vorzubringen.

«Wenn Sie erlauben, Professò, möchte ich Ihnen einen Rat geben ...», fährt der Junge fort, bricht dann aber ab, so als bereue er es, überhaupt mit der Sache angefangen zu haben.

«Nun sag schon. Was für einen Rat?»

«Professò, glauben Sie mir: Das ist wirklich eine miese Schlampe. Ich hab auch mit meinem Großvater darüber gesprochen.»

«Mit deinem Großvater?», stammelt Bellavista. «Du hast es Michele gesagt?»

«Ja, weil ich zunächst dachte, es wäre eher seine Aufgabe, mit Ihnen zu reden. Ich weiß ja, dass Sie früher einmal gut mit ihm befreundet waren. Ja, und mein Großvater hat mir dann auch geraten, mich direkt an Sie zu wenden. ‹Peppì›, hat er zu mir gesagt, ‹in den nächsten Tagen, wenn keiner von deinen Klassenkameraden dabei ist, erzählst du ihm mal ganz offen, was du weißt, genauso, wie du es mir jetzt erzählt hast.›»

«Was hast du ihm denn eigentlich erzählt?», fragt Bellavista, immer noch mit kaum vernehmbarer Stimme.

«Dass Jessika eine Schlampe ist, wie man sich schlimmer keine vorstellen kann. Wissen Sie, was sie gerade gestern noch zu mir gesagt hat? Dass Rickys Smart bequemer sei als Gianlucas Fiat Seicento. Und dass sie es darin furchtbar schweinisch mit ihm treibt. Genauso hat sie gesagt. ‹Wir treiben's furchtbar schweinisch darin.›»

«Aber warum erzählst du mir das eigentlich alles?», fragt der Professor. «Solltest du dich einer Mitschülerin gegenüber nicht ein wenig solidarischer verhalten?»

«Ganz einfach, Professò, weil ich Sie mag. Sie werden's vielleicht nicht glauben, aber es stimmt. Wirklich. Ich weiß auch nicht, wieso, aber seitdem ich in Ihren Unterricht komme, mag ich Sie von Mal zu Mal mehr, und es passt mir einfach nicht, wenn Sie jemand verarschen will. Deswegen geht mir die Schlampe auch so auf die Eier. Entschuldigen Sie noch mal meine Ausdrucksweise, aber bei der Zicke weiß ich einfach nicht, wie ich's anders sagen soll.»

Bellavista ist gerührt und würde Peppino am liebsten umarmen, sieht aber davon ab, weil es ihm mit seiner Stellung als Lehrer nicht vereinbar scheint. Ja, er geht sogar so weit, Peppino gegenüber die Sache herunterzuspielen.

«Vielen Dank für deine Offenheit, Peppino. Aber um mich brauchst du dir keine Sorgen zu machen: Ich bin nur ein klein wenig vom Weg abgekommen. Es kann jedem mal passieren, dass er sich von falschen Verlockungen ablenken lässt. Hauptsache, man findet irgendwann wieder zu sich selbst zurück, bevor es zu spät ist.»

«Das freut mich, dass Sie das sagen», antwortet Peppino. «Auch Maradona hat ja mal, ich glaube 1990 im Spiel gegen Bologna, ein Dribbling total vergeigt. Aber am Schluss haben wir dann doch noch gewonnen.»

Inhalt